U0090379

民國文化與文學 研究文叢

十五編

李 怡 主編

第 13 冊

時代之勢與傳統之道中的郭沫若（上）

陳 俐 著

國家圖書館出版品預行編目資料

時代之勢與傳統之道中的郭沫若（上）／陳俐 著 -- 初版 --
新北市：花木蘭文化事業有限公司，2022〔民111〕
目 2+150 面；19×26 公分
（民國文化與文學研究文叢 十五編；第 13 冊）
ISBN 978-986-518-971-6（精裝）
1.CST：郭沫若 2.CST：學術思想 3.CST：傳記 4.CST：中國
820.9 111009887

特邀編委（以姓氏筆畫為序）：

ISBN-978-986-518-971-6

丁　帆	王德威	宋如珊
岩佐昌暲	奚　密	張中良
張堂錡	張福貴	須文蔚
馮　鐵	劉秀美	

9 789865 189716

民國文化與文學研究文叢
十五編　第十三冊　　　　　　　ISBN：978-986-518-971-6

時代之勢與傳統之道中的郭沫若（上）

作　　者　陳俐
主　　編　李怡
企　　劃　四川大學中國詩歌研究院
總 編 輯　杜潔祥
副總編輯　楊嘉樂
編輯主任　許郁翎
編　　輯　張雅淋、潘玟靜、劉子瑄　美術編輯　陳逸婷
出　　版　花木蘭文化事業有限公司
發 行 人　高小娟
聯絡地址　235 新北市中和區中安街七二號十三樓
　　　　　電話：02-2923-1455 ／傳真：02-2923-1452
網　　址　http://www.huamulan.tw 信箱 service@huamulans.com
印　　刷　普羅文化出版廣告事業
初　　版　2022 年 9 月
定　　價　十五編 21 冊（精裝）新台幣 55,000 元

版權所有・請勿翻印

時代之勢與傳統之道中的郭沫若（上）

陳俐　著

作者簡介

陳俐（1956～）女，樂山師範學院文學與新聞學院教授，四川省郭沫若研究會副會長，中國郭沫若研究會理事，《郭沫若學刊》副主編。長期從事中國現代文學、郭沫若研究等教學、研究工作。主編出版《郭沫若經典作品多元化解讀》《郭沫若研究文獻匯要》（小說卷、散文、中外文學比較卷、戲劇卷）、《陳敬容詩文集》《詩人翻譯家曹葆華》（詩歌卷、史料評論卷）等，撰寫出版著作《曹葆華評傳》，在國內外公開刊物發表郭沫若研究、中國現代文學、外國文學文章數十篇。

提　　要

　　郭沫若是一位具有世界性影響的、橫跨多學科的文化大家，也是與中國現代化進程聯繫最為緊密的知識分子。有著學醫、從文、從軍、從政的五彩人生。其人其文其人生所構成的「沫若文化」顯現出多種元素雜陳的混搭風格，為不同時期、不同利益的共同體提供了不同的精神資源。本書著眼於郭沫若研究的地方路徑，力求在時代的發展之「勢」和民族傳統之「道」中，在具體的社會環境和人際交往中，從宏觀和微觀兩方面觀照郭沫若人生選擇的必然性。以多種視角、從歷史和美學兩個維度，來透視郭沫若文化創造的「當代性」價值。以此回答這樣一個尖銳的問題：郭沫若文化創造中是否有值得我們崇尚的文化品格；或者說，郭沫若創造的精神文化財富，是否為中華民族的文化傳統輸入了新鮮血液，而且能夠留傳下來，成為民族文化傳統的優秀部分。

謹此獻給導引我
探索前行的學術前輩們

從地方文學、區域文學到地方路徑
——《民國文化與文學研究文叢·十五編》引言

李 怡

　　2020 年，我在《成都與中國現代文學發生的地方路徑問題》中，以內陸腹地的成都為例，考察了李劼人、郭沫若等「與京滬主流有異」的知識分子的個人趣味、思維特點，提出這裡存在另外一種近現代嬗變的地方特色。這一走向現代的「地方路徑」值得剖析，它與多姿多彩的「上海路徑」「北平路徑」一起，繪製出中國文學走向現代的豐富性。沿著這一方向，我們有望打開現代文學研究的新的可能。〔註1〕同年1月，《當代文壇》開始推出我主持的「地方路徑與文學中國」的學術專欄，邀請國內名家對這一問題展開多方位的討論，到 2021 年年中，共發表論文 33 篇，涉及四川、貴州、昆明、武漢、安徽、內蒙古、青海、江南、華南、晉察冀、京津冀、綏遠、粵港澳大灣區等各種不同的「地方」觀察，也有對作為方法論的「地方路徑」的探討。2020 年 9 月，中國作協創研部、四川省作協、中國人民大學書報資料中心、《當代文壇》雜誌社還聯合舉行了「地方路徑與文學中國」學術研討會，國內知名學者與專家濟濟一堂，就這一主題的問題深入切磋，到會學者包括阿來、白燁、程光煒、吳俊、孟繁華、張清華、賀仲明、洪治綱、張永清、張潔宇、謝有順等等。〔註2〕2021 年 10 月，中國現代文學理事會在成都召開，會

〔註1〕 李怡：《成都與中國現代文學發生的地方路徑問題》，《文學評論》2020 年 4 期。

〔註2〕 研討會情況參見劉小波：《地方路徑與文學中國——「2020 中國文藝理論前沿峰會暨四川青年作家研討會」會議綜述》，《當代文壇》2021 年 1 期。

議主題也確定為「地方路徑與中國現代文學」，線上線下與會學者 100 餘人繼續就「地方路徑」作為學術方法的諸多話題廣泛研討，值得一提的是，這一主題會議還得到了第一次設立的國家社科基金「學術社團主題學術活動資助」。

經過了連續兩年的醞釀和傳播，「地方路徑」的命題無論是作為理論方法還是文學闡述的實踐都已經產生了重要的影響，在這個時候，需要我們繼續推進的工作恰恰可能是更加冷靜和理性的反思，以及在更大範圍內開展的文學批評嘗試。就像任何一種理論範式的使用都不得不經受「有限性」的警戒一樣，「地方路徑」作為新的文學研究方式究竟緣何而來，又當保持怎樣的審慎，需要我們進一步辨析；同時，這種重審「地方」的思維還可以推及什麼領域，帶給我們什麼啟發，我們也可以在更多的方向上加以嘗試。

一

「名不正，則言不順」，這是《論語》的古訓，20 世紀 50 年代以來，西方史學發現了「概念」之於歷史事實的重要意義，開啟了「概念史」（conceptual history）的研究。這是我們進一步推進學術思考的基礎。

在這裡，其實存在著一系列相互聯繫卻又頗具差異的概念。地方文學、地域文學、區域文學、文學地理學以及我所強調的地方路徑，它們絕不是同一問題的隨機性表達，而是我們對相近的文學與文化現象的不同的關注和提問方式。

雖然「地方」這一名詞因為「地方性知識」的出現而變得內涵豐富起來，但是在我們的實際使用當中，「地方文學」卻首先是一個出版界的現象而非嚴格的概念，就是說它本身一直缺乏認真的界定。地方文學的編撰出版在 1990 年代以後逐漸升溫，但凡人們感到大中國的文學描述無法涵蓋某一個局部的文學或文化現象之時，就會自然而然地將它放置在「地方」的範疇之中，因為這樣一來，那些分量不足以列入「中國文學」代表的作家作品就有了鄭重出場、載入史冊的理由。近年來，在大中國文學史著撰寫相對平靜的時代，各地大量湧現了以各自省市為單位的地方文學史，不過，這種編撰和出版的行為常常都與當地政府倡導的「文化工程」有關，所以其內在的「地方認同」或「地方邏輯」往往不甚清晰，不時給人留下了質疑的理由。

這種質疑很容易讓我們聯想到「區域文學」與「地域文學」的分歧。學

界一般認為，「地域文學」就是在語言、民俗、宗教等方面的相互認同的基礎上形成的文學共同體形態，這種地區內的文學共同體一般說來歷史較為久遠、淵源較為深厚，例如江左文學、江南文學、江西詩派等等；「區域文學」也是一種地區性的文學概念，不過這樣的地區卻主要是特定時期行政規劃或文化政治的設計結果，如內蒙古文學、粵港澳大灣區文學、京津冀文學等等，其內在的精神認同感明顯少於地域文學。「『地域』內部的文化特徵是相對一致的，這種相對一致性是不同的文化特徵長期交流、碰撞、融合、沉澱的結果，不是行政或其他外部作用所能短期奏效的。而『區域』內部的文化特徵往往是異質的，尤其是那種由於行政或者其他原因而經常變動、很難維持長期穩定的區域，其文化特徵的異質性更明顯。」〔註3〕在這個意義上，值得縱深挖掘的區域文學必須以區域內的歷史久遠的地域認同為核心，否則，所謂的區域文學史就很可能淪為各種不同的作家作品的無機堆砌，被一些評論者批評為「邏輯荒謬的省籍區域文學史」，「實際上不但割裂了而且扭曲了文化的真實存在形態」。〔註4〕1995 年，湖南教育出版社開始推出嚴家炎先生主編的《二十世紀中國文學與區域文化》叢書，涉及東北文學、三晉文學、齊魯文學、巴蜀文學、西藏雪域文學等等，歷經近二十年的沉澱，這套叢書在今天看來總體上還是成功的，因為它雖然以「區域」命名，卻實則以「地域文學」的精神流變為魂，以挖掘區域當中的地域精神的流變為主體。相反，前面所述的「地方文學」如果缺乏嚴格的精神的挖掘和融通，同樣可能抽空「地方性」的血脈，徒有行政單位的「地方」空殼，最終讓精神性的文學現象僅僅就是大雜燴式的文學「政績」的整合，從而大大地降低了原本暗含著的歷史價值。

　　中國傳統文化其實也一直關注和記錄著地域風俗的社會文化意義，《詩經》與《楚辭》的差異早就為人們所注目，《禹貢》早已有清晰明確的地域之論，《漢書》《隋書》更專列「地理志」，以各地山川形勝、風土人情為記敘的內容，由此開啟了中國文化綿邈深遠的「地理意識」。新時期以後，中國文學研究以古代文學為領軍，率先以「文學地理」的概念再寫歷史，顯然就是對這一傳統的自覺承襲，至新世紀以降，文學地理學的理論建構日臻自覺，似有一統江山，整合各種理論概念之勢——包括先前的地域文學、區域文學。有學者總結認為：「文學地理學是由中國本土學者提出並發展起來的一門學

〔註3〕曾大興：《「地域文學」的內涵及其研究方法》，《東北師大學報》2016 年 5 期。
〔註4〕方維保：《邏輯荒謬的省籍區域文學史》，《揚子江評論》2012 年 2 期。

科，也是由中國本土學者提出與發展起來的一種新的文學批評方法。」〔註5〕
這也是特別看重了這一理論建構與中國傳統文化的深刻聯繫。

當然，也正如另外有學者所考證的那樣，西方思想史其實同樣誕生了「文學地理學」的概念，並且這一概念也伴隨著晚清「西學東漸」進入中國，成為近代中國文學地理思想興起的重要來源：「文學地理學是 18 世紀中葉康德在他的《自然地理學》中提出的一個地理學概念，由於康德的自然地理學理論蘊涵著豐富的人文地理學和地域美學思想，在西方美學和文學批評中產生了深遠的影響。清末民初，在西學東漸和強國新民的歷史大潮中，梁啟超、章太炎、劉師培等人將康德的『文學地理學』和那特硜的『政治學』用於中國古代文學藝術南北差異的研究，開創了中國文學地理學的學科歷史。」〔註6〕認真勘察，我們不難發現西方淵源的文學地理學依然與我們有別：「在康德的眼裏，文學地理學是地理學的一個分支學科而不是文學的分支學科」〔註7〕，後來陸續興起的文化地理學，也將地理學思維和方法引入文學研究，改變了傳統文學研究感性主導色彩，使之走向科學、定量和系統性，而興起於後殖民時代的地理批評以「空間」意識的探究為中心，強調作品空間所體現的權力、性別、族群、階級等意識，地理空間在他們那裡常常體現為某種的隱喻之義，現代環境主義與生態批評概念中的「地方」首先是作為「感知價值的中心」而非地理景觀，用文化地理學家邁克・克朗的話來說就是：「文學作品不能被視為地理景觀的簡單描述，許多時候是文學作品幫助塑造了這些景觀。」〔註8〕較之於這些來自域外的文學地理批評，中國自己的研究可能一直保持了對地方風土的深情，並沒有簡單隨域外思潮起舞，雖然在宏觀層面上，我們還是承認，現當代中國的文學地理學是對外開放、中西會通的結果。

「地方路徑」一說是在以上這些基本概念早已經暢行於世之後才出現的，於是，我們難免會問：新的概念是不是那些舊術語的隨機性表達？或者，是不是某種標新立異的標題招牌？

這是我們今天必須回答的。

〔註5〕鄒建軍：《文學地理學：批評和創作的雙重空間》，《臨沂大學學報》2017 年 1 期。

〔註6〕鍾仕倫：《概念、學科與方法：文學地理學略論》，《文學評論》2014 年 4 期。

〔註7〕鍾仕倫：《概念、學科與方法：文學地理學略論》，《文學評論》2014 年 4 期。

〔註8〕【英】邁克・克朗（Mike Crang）：《文化地理學》，楊淑華、宋慧敏譯，南京大學出版社 2003 年版，第 55 頁。

二

在現代中國討論「地方路徑」，容易引起的聯想是，我們是不是要重提中國文學在各個地方的發展問題？也就是說，是不是要繼續「深描」各個區域的文學發展以完整中國文學的整體版圖？

我們當然關注現代中國文學的一系列共同性的問題，而不是試圖將自己侷限在大版圖的某一局部，為失落在地方的文學現象拾遺補缺，從這個意義上來說，跨出地方的有限性，進入區域整合的視野甚至民族國家的視野乃題中之義。但是，這樣的嘗試卻又在根本上有別於我們曾經的區域文學研究。

在中國，區域文學與文化研究集中出現在 1990 年代中期，本質上是 1980 年代以來「走向世界」的改革開放思潮的一種延續。嚴家炎先生主編的《二十世紀中國文學與區域文化》叢書最早在 1995 年推出，作為領命撰寫四川現代文學與巴蜀文化的首批作者，我深深地浸潤於那樣的學術氛圍，感受和表達過那種從區域文化的角度推進文學現代化進程的執著和熱誠。在急需打破思想封閉、融入現代世界的那種焦慮當中，我們以外來文化為樣本引領中國文學與文化的渴望無疑是真誠的，至今依然閃耀著歷史道義的光輝，但是，心態的焦慮也在自覺不自覺中遮蔽了某些歷史和文化的細節，讓自我改變的激情淹沒了理性的真相。例如，我們很容易就陷入了對歷史的本質主義的假想，認為歷史的意義首先是由一些巨大的統攝性的「總體性質」所決定的，先有了宏大的整體的定性才有了局部的意義，中國文化的現代化進程也是如此，先有了整個國家和民族的現代觀念，才逐步推廣到了不同區域、不同地方的思想文化活動之中，也就是說，少數先知先覺的知識分子對西方現代化文化的接受、吸收，在少數先進城市率先實踐，形成了中國現代文化的「總體藍圖」，然後又通過一代又一代的艱苦努力，傳播到更為內陸、更為偏遠的其他區域，最終完成了全中國的現代文化建設。雖然區域文學現象中理所當然地涵容著歷史文化的深刻印記，但是作為「現代文學」的歷史進程的重要環節，我們的主導性目標還是考察這一歷史如何「走向世界」、完成「現代化」的任務，所以在事實上，當時中國文學的區域研究的落腳點還是講述不同區域的地方文化如何自我改造、接受和匯入現代中國精神大潮的故事。這些故事當然並非憑空捏造，它就是中國文化在近現代與外來文化交流、溝通的基本事實，然而，在另外一方面的也許是更主要的事實卻可能被我們有所忽略，那就是文化的自我發展歸根到底並不是移植或者模仿的結果，而是自我的一

種演進和生長，也就是說，是主體基於自身內在結構的一種新的變化和調整，這裡的主體性和內源性是不可或缺的基礎。如果說現代中國文學最終表現出了一種不容迴避的「現代性」，那麼也必定是不同的「地方」都出現了適應這個時代的新的精神的變遷，而不是少數知識分子為中國先建構起了一個大的現代的文化，然後又設法將這一文化從中心輸送到了各個地方，說服地方接受了這個新創建的文化。在這個意義上，地方的發展彙集成了整體的變化，是局部的改變最後讓全局的調整成為了現實。所謂的「地方路徑」並非是偏狹、個別、特殊的代名詞，在通往「現代」的征途上，它同時就是全面、整體和普遍，因為它最後形成的輻射性效應並不偏於一隅，而是全局性的、整體性的，只不過，不同「地方」對全局改變所產生的角度與方向有所不同，帶有鮮明的具體場景的體驗和色彩。從這裡，我們可以得出結論：在現代中國文學的學術史上，我們曾經有過的區域文化研究其實還是國家民族的大視角，區域和地方不過是國家民族文學的局部表現；而地方路徑的提出則是還原「地方」作為歷史主體性的意義，名為「地方」，實則一個全局性的民族文化精神嬗變的來源和基礎，可謂是以「地方」為方法，以民族文化整體為目的。

「地方」以這種歷史主體的方式出場，在「全球化」深化的今天，已經得到了深刻的證明。

在當今，全球化依然是時代的主題。然而，越來越多的人都開始意識到一個重要的問題：全球化是不是對體現於「地方」的個性的覆蓋和取消呢？事實可能很明顯，全球化不僅沒有消融原本就存在的地方性，而且林林種種的地方色彩常常還借助「反全球化」的浪潮繼續凸顯自己，在一個相當長的時期內，全球化和地方性都會保持著一種糾纏不清的關係，有矛盾衝突，但也會彼此生發。

文學與地方的關係也是如此。現代中國的文學一方面以「走向世界」為旗幟，但走向外部世界的同時卻也不斷返回故土，反觀地方。這裡，其實存在一個經由「地方路徑」通達「現代中國」的重要問題。

何謂「現代中國」？長期以來，我們預設了一些宏大的主題——中國社會文化是什麼？中國文學有什麼歷史使命、時代特點？不同的作家如何領悟和體現這樣的歷史主題？主流作家在少數「中心城市」如何完成了文學的總體建構？然而，文學的發生歸根到底是具體的、個人的，人的文學行為與包裹著他的生存環境具有更加清晰的對話關係，也就是說，文學人首先具有切

實的地方體驗，他的文學表達是當時當地社會文化的有機組成部分，文學的存在首先是一種個人路徑，然後形成特定的地方路徑，許許多多的「地方路徑」，不斷充實和調整著作為民族生存共同體的「中國經驗」，當然，中國整體經驗的成熟也會形成一種影響，作用於地方、區域乃至個體的大傳統，但是必須看到，地方經驗始終存在並具有某種持續生成的力量，而更大的整體的「大傳統」卻不是一成不變的，「大傳統」的更新和改變顯然與地方經驗的不斷生成關係緊密。正是在這個意義上，我們認為，並不是大中國的文化經驗「向下」傳輸逐漸構成了「地方」，「地方」同樣不斷凝聚和交融，構成了跨越區域的「中國經驗」。「地方經驗」如何最終形成「中國經驗」，這與作為民族共同體的「中國」如何降落為地方性的表徵同等重要！在現代中國文學發展的過程之中，不僅有「文學中國」的新經驗沉澱到了天南地北，更有天南地北的「地方路徑」最後匯集成了「文學中國」的寬闊大道。〔註9〕

這樣，我們的思維就與曾經的區域文學研究有所不同了。

在另外一方面，地方路徑的提出也意味著我們將有意識超越「地域文學」或者「地方文學」的方式，實現我們聯結民族、溝通人類的文學理想。

如前所述，我們對區域文學研究「總體藍圖」的質疑僅僅是否定這樣一種思維：在對「地方」缺乏足夠理解和認知的前提下奢談「走向世界」，在缺乏「地方體驗」的基礎上空論「全球一體化」，但是，這卻並不意味著我們要固守在「地方」之一隅，或者專注於地方經驗的打撈來迴避民族與人類的共同問題，排斥現代前進的節奏。與「區域文學」「地方文學」的相對靜止的歷史描述不同，「地方路徑」文學研究的重心之一是「路徑」，也就是追蹤和挖掘現代中國文學如何嘗試現代之路的歷史經驗，探索中國文學介入世界進程的方式。換句話說，「路徑」意味著一種歷史過程的動態意義，昭示了自我開放的學術面相，它絕不是重新返回到固步自封的時代，而是對「走向世界」的全新的闡發和理解。

同樣，我們也與「文學地理學」的理論企圖有所不同，建構一種系統的文學研究方法並非我們的主要目的，從根本上看，我們還是為了描述和探討中國文學從傳統進入現代，建設現代文學的過程和其中所遭遇的問題，是對現代中國文學的「現象學研究」，而不是文藝學的提升和哲學性的概括。當然，包括中外文學地理學的視角、方法都可能成為我們的學術基礎和重要借鑒。

〔註9〕參見李怡：《「地方路徑」如何通達「現代中國」》，《當代文壇》2020年1期。

三

　　現代中國文學的「地方路徑」研究當然也有自己的方法論背景，有著自己的理論基礎的檢討和追問。

　　「地方路徑」的提出首先是對文學與文化研究「空間意識」的深化。

　　傳統的文學研究，幾乎都是基於對「時間神話」的迷信和依賴。也就是說，我們大抵都相信歷史的現象是伴隨著一個時間的流逝而漸次產生的，而時間的流逝則是由一個遙遠的過去不斷滑向不可知的未來的勻速的過程，時間的這種不以人的意志為轉移的勻速前進方式成為了我們認知、觀察世界事物的某種依靠，在很多的時候，我們都是站在時間之軸上敘述空間景物的異樣。但是，二十世紀的天體物理學卻告訴我們，世界上並沒有恒定可靠的時間，時間恰恰是依憑空間的不同而變化多端。例如愛因斯坦、霍金等人的宇宙觀恰恰給予了我們更為豐富的「相對」性的啟示：沒有絕對的時間，也沒有絕對的空間，時間總是與空間聯繫在一起，不同的空間有不同的時間。「相對論迫使我們從根本上改變了我們的時間和空間觀念。我們必須接受，時間不能完全脫離開和獨立於空間，而必須和空間結合在一起形成所謂的時空的客體。」〔註 10〕二十世紀以後尤其是 1970 年代以後，西方思想包括文學研究在內出現了眾所周知的「空間轉向」，傳統觀念中的對歷史進程的依賴讓位於對空間存在的體驗和觀察，這些理念一時間獲得了廣泛的共識：「當今的時代或許應是空間的紀元……我們時代的焦慮與空間有著根本的關係，比之與時間的關係更甚。」〔註 11〕「在日常生活裏，我們的心理經驗及文化語言都已經讓空間的範疇、而非時間的範疇支配著。」〔註 12〕「一方面，我們的行為和思想塑造著我們周遭的空間，但與此同時，我們生活於其中的集體性或社會性生產出了更大的空間與場所，而人類的空間性則是人類動機和環境或語境構成的產物。」〔註 13〕有法國空間理論家列斐伏爾等人的倡導，經由福柯、

〔註 10〕【英】霍金：《時間簡史》，吳忠超譯，湖南科學技術出版社 2002 年版，第 22 頁。

〔註 11〕【法】福柯：《不同空間的正文與上下文》，陳志悟譯，見包亞明主編：《後現代性與地理學的政治》，上海教育出版社 2001 年版，第 18 頁、20 頁。

〔註 12〕【美】詹明信：《晚期資本主義文化的邏輯：詹明信批評理論文選》，陳清僑等譯，三聯書店 1997 年版，第 450 頁。

〔註 13〕愛德華・索亞語，見包亞明：《後大都市與文化研究・前言：第三空間、後大都市與文化研究》，上海教育出版社 2005 年版，第 1 頁。

詹姆遜、哈維、索雅等人的不斷開拓，文學的空間批評得到了前所未有的長足發展，文本中的空間不再只是故事發生的背景，而是作為一種象徵系統和指涉系統，直接參與到了主題與敘事之中，空間因素融入傳統的社會歷史批評、文化批評、性別批評、精神批評等，激活了這些傳統文學研究的生命力，它又對後現代性境遇下人們的精神遭際有著獨到的觀察和解讀，從而切合了時代的演變和發展。

如同地理批評遠遠超出了地方風俗的文學意義而直達感知層面的空間關係一樣，西方文學界的空間批評更側重於資本主義成熟年代的各種權力關係的挖掘和洞察，「空間」隱含的主要是現實社會中的制度、秩序和個人對社會關係的心理感受。

在中國現代文學的研究中，我們長期堅信西方「進化論」思想的傳入是驚醒國人的主要力量，從嚴復的「天演公例」到梁啟超的「新民說」、魯迅的「國民性改造」，中國文學的歷史巨變有賴於時間緊迫感的喚起，這固然道出了一些重要的事實，然而，人都是生存於具體而微的「空間」之中的，是這一特殊「地方」的人生和情感的體驗真實地催動了各自思想變化，文學的現代之變，更應該落實到中國作家「在地方」的空間意識裏。近現代中國知識分子，同樣生成了自己的「空間意識」：

> 中國近現代知識分子是在一種極為特殊的條件下形成自己的時空觀念的。不是時間觀念的變化帶來了他們空間觀念的變化，而是空間觀念的變化帶來了他們時間觀念的變化。我們知道，正是由於鴉片戰爭之後中國的知識分子發現了一個「西方世界」，發現了一個新的空間，他們的整個宇宙觀才逐漸發生了與中國古代知識分子截然不同的變化。

> 中國現代知識分子的「地理大發現」，發現的卻是一個無法統一起來的世界，一個造成了空間割裂感的事實。這種空間割裂感是由於人的不同而造成的。

> 我們既不能把西方世界完全納入到我們的世界中來，成為我們這個世界的一個有機組成部分，我們也不願把我們的世界納入到西方世界中去，成為西方世界的一個有機組成部分。二者的接近發生的不是自然的融合，而是彼此的碰撞。

> 上帝管不了中國，孔子管不了西方，兩個空間結構都變成了兩

個具有實體性的結構，二者之間的衝撞正在發生著。一個統一的沒
有隙縫的空間觀念在關心著民族命運的中國近現代知識分子的意
識中可悲地喪失了。這不是一個他們願意不願意的問題，而是一個
不能不如此的問題；不是一個比中國古代知識分子「先進」了或
「落後」了的問題，而是一個他們眼前呈現的世界到底是一個什麼
樣子的問題。正是這種空間觀念的變化，帶來了他們時間觀念的變
化。〔註 14〕

近現代中國知識分子同樣在「空間」感受中體驗了現實社會中的制度與
秩序，覺悟了各種不平等的權力關係，但是，與西方不同的在於，我們在「空
間」中的發現主要還不是存在於普遍人類世界中的隱蔽的命運，它就是赤裸
裸的國家民族的困境，主要不是個人的特異發現，而是民族群體的整體事實，
它既是現實的、風俗的，又是精神的、象徵的，既在個人「地方感」之中，又
直陳於自然社會之上。從總體上看，近現代中國的空間意識不會像西方的空
間批評那樣公開拒絕地方風土的現實「反映」，而是融現實體驗與個人精神感
受於一爐。我覺得這就為「地方路徑」的觀察留下了更為廣闊的可能。

「地方路徑」的提出也是對域外中國學研究動向的一種回應。

海外的中國學研究，尤其是美國漢學界對現代中國的觀察，深受費正清
「衝擊／反應」模式的影響，自覺不自覺地站在西方中心的立場上，以西歐
社會的現代化模式來觀察東方和中國，認定中國社會的現代化不可能源自本
土，只能是對西方衝擊的一種回應。不過，在 1930、40 年代以後，這樣的
思維開始遭受到了漢學界內部的質疑，以柯文為代表的「中國中心觀」試圖
重新觀察中國社會演變的事實，在中國自己的歷史邏輯中梳理現代化的線
索。伴隨著這樣一些新的學術思想的動態，西方漢學界正在發生著引人矚目
的變化：從宏大的歷史概括轉為區域問題考察，從整體的國家民族定義走向
對中國內部各「地方」的再發現，一種著眼於「地方」的文學現代進程的研
究正越來越多地顯示著自己的價值，已經有中國學者敏銳地指出，這些以
「地方」研究為重心的域外的方法革新值得我們借鑒：「從時間與空間起源
上，探究這些地區如何在大時代的激蕩中形成具有現代意義的文學觀念、
如何生發具有地域特色的文學文本，考察文學與非文學、本土與異域、沿海

〔註 14〕王富仁：《時間‧空間‧人（一）》，《魯迅研究月刊》2000 年 1 期。

與內地、中心與邊緣之間的多元關係，便不失為中國現代文學研究的一種新路徑。」〔註15〕

　　當然，必須指出的是，中國學者對「地方路徑」問題的發現在根本上說還是一種自我發現或者說自我認知深化的結果，是創立中國學術主體性的積極體現。以我個人的研究為例，是探尋近現代白話文學發生的過程中，接觸到了李劼人的成都寫作，又借助李劼人的地方經驗體驗到了一種近代化的演變曾經在中國的地方發生，隨著對李劼人「周邊」的摸索和勘察，我們不斷積累著「地方」如何自我演變的豐富事實，又深深地體悟到這些事實已經不再能納入到西方—中國先進區域—偏遠內陸這樣一個傳播鏈條來加以解釋了。與「中國中心觀」的相遇也出現在這個時候，但是，卻不是「中國中心觀」的輸入改變了我們的認識，而是雙方的發現構成了有益的對話。這裡的啟示可能更應該做這樣的描述：在我們力求更有效地擺脫「西方中心」觀的壓迫性影響、從「被描寫」的尷尬中嘗試自我解放、重新獲得思想主體性的時候，是西方學者對他們學術傳統的批判加強了這一自我尋找的進程，在中國人自己表述自己的方向上，我們和某些西方漢學家不期而遇，這裡當然可以握手，可以彼此對話和交流，但是卻並不存在一種理論上的「惠賜」，也再不可能出現那種喪失自我的「拜謝」，因為，「地方路徑」的發現本身就是自我覺醒的結果。這裡的「地方」不是指那種退縮式的地方自戀，而是自我從地方出發邁向未來的堅強意志。在思考人類共同命運和現代性命題的方向上我們原本就可以而且也能夠相互平等對話，嚴肅溝通，當我們真正自覺於自我意識、自覺於地方經驗的時候，一系列精神性的話題反而在東西方之間有了認同的基礎，有了交談的同一性，或者說，在這個時候，地方才真正通達了中國，又聯通了世界。在這個時候，在學術深層對話的基礎上，主體性的完成已經不需要以「民族道路的獨特性」來炫示，它同時也成為了文學世界性，或者說屬於真正的「人類命運共同體」的有機組成部分。

　　上世紀20年代，詩人聞一多也陷入過時代發展與「地方性」彰顯的緊張思考，他曾經激賞郭沫若《女神》的時代精神，又對其中可能存在的「地方色彩」的缺失而深懷憂慮，他這樣表達過民族與世界、地方與時代的理想關係：「真要建設一個好的世界文學，只有各國文學充分發展其地方色彩，同時又

〔註15〕張鴻聲、李明剛：《美國「中國學」的「地方」取向與中國現代文學研究——以中國現代文學研究的區域問題為例》，《中國現代文學論叢》2018年13輯。

貫以一種共同的時代精神，然後並而觀之，各種色料雖互相差異，卻又互相調和」〔註 16〕。在某種意義上，這可以被我們視作中國現代文學沿「地方路徑」前行的主導方向，也是我們提出「地方路徑」研究的基本原則。

〔註16〕聞一多：《〈女神〉之地方色彩》，《創造週報》第 5 號，1923 年 6 月 10 日。

目

次

緒言：郭沫若文化創造的當代性價值

　　郭沫若是一位現代社會少有的、具有世界性影響的、橫跨多學科的文化大家，他一生多次帶筆從戎、帶筆從政，是與中國現代政治革命、文化革命關係最為緊密的現代中國知識分子，後來又成為中華人民共和國在文化方面的重要領導人之一。他的一生，濃縮了中國近現代社會風雲變幻的歷史，時代的豐富性和複雜性，造就了郭沫若文化創造的豐富性和複雜性。他是 20 世紀中國現代知識分子的「聚焦性」人物和「標誌性」人物。對於他的研究，直到現在也還有很多沒有窮盡的話題。今天，繼續從不同的方面研究郭沫若其人其文，這對於中國現代知識分子特性的研究，對於中國現代文化發展方向的探索，仍具有重大意義。

　　囿於各種原因，許多學者埋頭於史實的考證，想探明歷史的真相，對郭沫若的研究同樣如此。在學術研究中強調求真，通過考證還原歷史場景，無疑是正確的而且應該大力提倡。但問題的另一面是：史料往往是一些歷史的碎片，真正要用許多確鑿證據拼出一幅幅真實的歷史圖像，往往會有許多偶然性。還原歷史，是歷史研究追求的一種境界，更多更充分的史料的發掘，只能是我們無限趨近歷史真實的過程，絕對真實的歷史圖像只是理論性的存在。而且，任何時代的歷史研究，事實上都是歷史的「當代性」研究。發掘、研究和運用史料的目的，都是把歷史作為一面鏡子，來映照今人前行的道路。因此尋求歷史事件和人物所為背後的價值意義。尋求文化遺產中適用於當代的教化價值和審美價值，是今天文化傳承和創新的必要前提。今天我們對郭沫若文化財富的研究，也需要回答這樣一個尖銳的問題：郭沫若其文其人生中是否有一直吸引我們的人格魅力，有值得我們崇尚的文化品格。或者說，

郭沫若的文化創造中是否包含著能夠留傳下來的「永恆性」特質，是否能成為中華民族先進文化的組成部分。一言以蔽之，郭沫若研究的「當代性」價值是什麼。

英美詩人、批評家艾略特曾提出評價詩人基本標準：

> 詩人，任何藝術的藝術家，你不能把他單獨的評價；你得把他放在前人之間來對照，來比較。我認為這是一個批評的原理，美學的，不僅是歷史的。……現存的藝術經典本身就構成一個理想的秩序，這個秩序由於新的（真正新的）作品被介紹進來而發生變化。這個已成的秩序在新作品出現以前本是完整的，加入新花樣以後要繼續保持完整，整個的秩序就必須改變一下，即使改變得很小；因此每件藝術品對於整體的關係、比例和價值就重新調整了；這就是新與舊的適應。（《傳統與個人才能》）

艾略特提出的這一標準可以擴大到文化的範圍，從兩方面加以理解，一是文化人必須與民族文化傳統接軌，以繼承傳統，而不是隨心所欲拋棄傳統；二是文化人又必須為文化傳統提供新質，以改造傳統，發展傳統。如果做到這二者的平衡，那麼，他的創作也就融入了民族文化傳統，成為這一傳統不可分割的一部分。所以，是否在傳承民族文化的基礎上又為這一傳統提供嶄新的內容和形式，是我們衡量文化經典的標尺。因為只有繼承著過去，又包孕著未來的文化文本，才能不斷地衍生出「當代性」，從而經受不同時代的考驗。

本書試從郭沫若文化個性的多變與不變、郭沫若文化創造的地方性資源、郭沫若文本的「跨文體」特徵這幾方面的關聯來回答這一問題。

一、文化個性的多變與不變

郭沫若的傳奇人生以及多方面的成就和複雜多變的時代風雲、政治格局緊密相聯。人們常常看到郭沫若「多變」的一面，常常用「因時順變，順勢而為，與時俱進」等詞來描述沫若文化個性的突出特徵。的確，郭沫若順時應變，靈動包容的文化個性，使他在複雜多變的政治格局中能迅速調整人生目標，成為各方政治勢力最為看重的馬前卒。郭沫若自己也說，他經常經歷著昨日之「我」與今日之「我」的鬥爭，他的著名詩歌《鳳凰涅槃》中鳳凰涅槃、死而復生的意象和規律，不僅僅是描述社會之變，也包含了自我之變。

他從五四時期的自由知識分子，轉變到馬克思主義的信仰者，再到抗日民族統一戰線中文化抗戰的組織者、宣傳者，再後來成為中華人民共和國在文化方面的重要領導者。在中國現代政治勢力犬牙交錯的局勢下，郭沫若在每個時期所操持的不同的話語方式都打下了鮮明的時代印記。本書希望從郭沫若在不同時期經歷的重要事件、文化文本、人際關係等方面，選擇一些典型個案，從時代之「勢」和傳統之「道」的衝突碰撞中，結合郭沫若的心路歷程，來分析考察郭沫若在不同時期的話語方式。闡釋他在中國現代「道、勢」關係的複雜局面下的艱難選擇。如二十世紀之初，郭沫若與少年中國學會的核心成員王光祈、曾琦、魏時珍、周太玄、李劼人等是成都分設中學的同學。這一精英群體對社會改革的重要觀念及活動，對於郭沫若進入社會歷史的舞臺中心，起到巨大的刺激作用。梳理五四前後郭沫若與這一批同學的人事糾葛，有助於把握郭沫若走向社會改革舞臺的精神氣候與心理動因。

1924 年郭沫若在《洪水》刊物上與國家主義的論戰是他政治態度明朗化的標誌性事件。這一場論戰，肇端於以留日學生為主的孤軍派關於中國經濟走向的大討論，郭沫若參與其中，並醞成其後與國家主義派的論戰。郭沫若與國家主義者的交往，繼而產生分裂乃至決裂的過程，正是他摸索中華民族的發展道路，逐步轉向馬克思主義和中國社會主義革命的政治選擇過程。郭沫若的政治轉向，與一批留日同鄉同學的關係變化，以及與共產黨人蔣光慈、瞿秋白等人的相識和相交，有著非常重要的聯繫。

抗日戰爭爆發後，郭沫若擔任了國民政府軍事委員會政治部第三廳廳長職長，承擔起文化抗戰的組織領導工作。在中華民族危亡存續的利益面前，郭沫若從民族傳統中的忠孝節義觀念中發掘歷史資源，同時承繼著五四啟蒙話語系統共同形成的「進化論」和「改造國民性」兩大啟蒙話語方式，以民主與科學為旗幟來引導民族文化建設，延續著「毀滅——創造」的思維模式，構建了「文化抗戰」的思想體系，將戰爭中救亡圖存與改造國民性的兩大任務有機聯繫起來，將對外反侵略戰爭和對內反封建的兩重任務與民族的文化創造聯繫起來。在特殊形勢下對民族現代文化進行了艱難的重構。而且在「文章出國」，對外宣傳抗日戰爭正義性的世界輿論中，更進一步提出了中外文化交流應該「平等」和「對等」的基本原則。

儘管郭沫若以通權達變的政治智慧，以多重角色穿梭於二十世紀時代風雲中，並以不同的話語方式，應對甚至影響中國現代文化的發展方向。但是，

觀其郭沫若一生，在原則問題上，他有一貫不變的一面。一是他推崇中國優秀傳統文化的態度始終未變。對孔子及儒家文化的服膺，貫穿了郭沫若一生。許多研究者都注意到，在五四激烈反孔的背景下，郭沫若非但沒有順應這一潮流，反而對孔子其人進行了高度的讚賞和評價。他心目中的孔子和儒家文化，並不是僵死的傳統，而是文化發展的活水源泉。

郭沫若曾旗幟鮮明、毫不諱言地表示研究古代文化，為現實鬥爭服務的態度。他說：「在現代要恢復古代的東西，無論所恢復的是哪一家，事實上都是時代的錯誤。但人類總是在發展的。在現代以前的歷史時代，雖然都是在黑暗中摸索，但經過曲折紆回的路徑，卻也和蝸牛一樣在前進。因而古代學說也並不是全無可取，而可取的部分大率已溶匯在現代的進步思想裏面了。」〔註1〕這對我們現在研究傳統文化猶有啟迪意義。它使我們認識到研究傳統也就是要發展傳統，將傳統中對時代有啟發、有價值的部分帶入當代。郭沫若在傳統文化的傳承和發展中，是有很強原則性的，他並不是選擇被宋明理學打扮出來，供官方進行「三綱五常」教育的孔子，而是以「六經注我」的態度，「以西釋中」的策略，從探尋原儒真義出發，尋找孔子的本真面目。首先，他將歌德和西方文化的精神歸結為「動」的精神，然後在中國原始哲學和文化中尋求「動」的文化特徵。在深受德國文化特別是歌德所代表的西方啟蒙文化影響下，將歌德《浮士德》中完滿人格、自強不息的精神與孔子相提並論。他說：「我們所見的孔子，是兼有康德與歌德那樣的偉大的天才，圓滿的人格，永遠有生命的巨人。他把自己的個性發展到了極度。」〔註2〕接下來，郭沫若對孔子的人生哲學、音樂才能，體魄雄建等方面與歌德相比較，他把孔子、老子的原始思想表述為：把一切的存在看做動的實在之表現，把一切的事業由自我的完成而出發。他甚至參照康德哲學，認為孔子的「禮」是吾人本心中內存的道德律。而孔子的人生哲學正是以個人為本位，它的究竟是望人人成為俯仰無愧的聖賢，「淨化自己，充實自己，表現自己，這便是天行」，〔註3〕也是人追求的崇高境界。他將一個本來是約束自己個性，以求道德之完

〔註1〕 郭沫若：《青銅時代·後記》，《郭沫若全集》歷史編第1卷，人民出版社，1982年版，第611頁。

〔註2〕 郭沫若：《中國文化之傳統精神》，王錦厚主編：《郭沫若佚文集》（上），四川大學出版社，1988年，第100頁。

〔註3〕 郭沫若：《中國文化之傳統精神》，王錦厚主編：《郭沫若佚文集》（上），四川大學出版社，1988年，第102頁。

善的孔子，描繪成了張揚個性，自我膨脹的孔子。在中西文化互證的背景下，郭沫若以五四時代的話語系統，將孔子歌德化，康德化，把孔子及儒家文化納入到五四時期「立人」的話語系統之中。

在日本留學時期和抗戰時期，是郭沫若學術研究的豐收季節。郭沫若的三大學術巨著——《中國古代社會研究》《青銅時代》和《十批判書》構成一個完整系統。他在中國國學運動中，首次運用馬克思主義關於社會發展形態的一般規律為指導，在具體研究方法上，又吸收傳統考據學，特別是「二重證據法」，以探討中國古代社會性質和諸子各家的優劣得失。20 世紀 40 年代，他的「人民本位」的思想體系逐漸成熟，在這個觀念體系中，他又給予孔子以重要地位，在《十批判書》中，反覆說明「我之所以推崇孔子和孟軻，是因為他們在各家中是比較富於人民本位色彩的」，孔子的仁道思想「顯然是順應著奴隸解放的潮流。這也就是人的發現。」〔註 4〕由於他的研究緊密結合民族利益和現實需求，非常注意歷史感和當代性的互通和融合，因此，郭沫若的科學考證與時代批判，突出了新的價值觀和新的方法。

抗戰初期郭沫若從日本歸國參加抗戰，成為中華民族文化抗戰倡導者和領導者，在第二次國共合作，廣泛形成民族統一戰線的背景下，在提倡儒學復興以預防文化滅種的前提下，郭沫若作為國民政府主管文化宣傳工作的官員，在號召全國人民萬眾一心，堅持的抗戰的目標之下，在大量的公開場合中，明確表達個人服從國家意志的鮮明態度。1939 年郭沫若回家鄉樂山沙灣舉辦父喪祭典的事件就是典型例子。這一儀式將國家權力話語與民間情感訴求匯聚融合，「孝」與「忠」打通，「家」與「國」一體，充分反映出國家意識形態、民間傳統文化協同互動；也顯示出民間儀式在強化民族文化認同感，整合族群內部不同層次的話語系統的強大效能。

在傳統文化古為今用的這一點上，郭沫若在思維方式上深受近代經學大師廖平今文經學觀念和方法的啟發。廖平將孔子尊為萬世之王，或者「素王」，表達了在新舊變革的時代，利用民族傳統精神資源，實現以德治國的政治理想。孔子在郭沫若的筆下，並不是一個歷史中特定的個體的人，而是一種文化符號，不同時期可以賦予不同的內涵。在五四時期，郭沫若心目中的孔子，是文化理想與完滿人格的形象載體。在抗日戰爭時期，孔子是仁義的典範，是民族文化傳統的靈魂和符號。郭沫若的尊孔實際上是對一種長盛不衰的民

〔註 4〕郭沫若：《沫若文集》（第 15 卷），人民文學出版社，1954 年，第 94 頁。

族精神力量的堅守，是一個族群區別其他文明的獨特性所在。所以在特殊的歷史語境下，郭沫若一時一地的政治表態可以是權宜之計，在特定歷史條件下的學術見解也可以自我否定，但是郭沫若在青少年所受到的國學濡養對他一生的世界觀、人生觀的形成是根深蒂固，不會輕易改變。他對中華民族的文化認同是永遠不變的。

二、文化創造的地方性資源

當我們追問和探源郭沫若對民族文化傳統的堅守與創新時，不得不把目光投向他的故鄉巴蜀大地。郭沫若自 1892 年在沙灣郭家老宅出生，直到他1913 年底離開四川，走向中國和世界舞臺，整整有 21 年的青少年時光是在故鄉四川度過。郭沫若之所以成就為一代偉人，之所以成為球形發展的文化全才，之所以成為充滿傳奇人生、複雜人格的文化怪才，之所以成為中國二十世紀典型的文化符號，應該是與故鄉的自然生態、歷史人文環境及家庭教化等要素是密不可分的。這些地域和家族的文化基因深深地浸潤和薰陶著郭沫若的文化個性，對他一生世界觀、人生觀的影響是根深蒂固的。比如郭沫若父系家族的移民背景，與時俱進、順勢而為的生存方式；比如清朝末年以來故鄉沙灣社會基層組織管理鬆散，幫派林立，袍哥盛行，流行江湖義氣，俠義精神的社會風尚。郭沫若的母系家族出於書香門弟，外祖父杜琢章以進士身份成為朝廷命官，嚴守忠孝節義，盡忠守職的道德倫理觀等。杜琢章一門忠烈，忠君護城的慘烈故事長期蟄伏於郭沫若的內心，成為他深刻體認以忠義觀為內核的民族文化傳統的形象教材和重要媒介。他將這一家族悲劇轉移和置換在抗戰時期的六部歷史劇中，使這個家族故事成為這幾部歷史劇的原型結構。這些歷史劇所承載的忠義精神成為感化民眾，喚起民族自信的文化力量，也投射出郭沫若一生中一貫堅守的人倫道德信條。「在野」的父族和「在朝」母族所奉行的道德規範、行為方式綜合地作用於郭沫若，深刻影響了郭沫若的精神氣質、思想觀念、行為方式、文化風格等方面，造就了他人生和人格的複雜性。因此從地方路徑，特別是地方的學術傳承關係，也是我們打開郭沫若獨特文化個性的一把鑰匙。

當然，地域文化並不等同於本土文化，地域文化實際上是本土文化與外來文化互動的結果。郭沫若青少年時期，正是世紀之交中西文化劇烈碰撞的時期。郭沫若家鄉雖處在天高皇帝遠的蠻夷之地，但所吸收的文化營養卻是

中西雜陳的。他的私塾老師沈煥章先生學識淵博，不僅精通詩、書、禮、易，又能獨開風氣之先，最早引進數學、地理、東西方歷史等現代課程內容。郭沫若在樂山就讀時，使用的教材中就有由日本人主編的教材。同時大哥郭開文最早接受新思想，成為當地啟蒙運動的急先鋒。考上成都東文學堂之後，引進的好些新學書籍使郭沫若較早地接受了新學啟蒙。這些都說明的故鄉中外文化雜陳的環境是郭沫若成為球形發展的一代奇才的重要因素。「詩教、禮教，新書、新潮」正是故鄉的文化土壤培育了少年郭沫若。其次，郭沫若之所以能成就為一代大家，與在日本留學及異民族文化的吸收與創造性使用是密不可分的。在創造社時期，郭沫若的主要文化活動便是大量翻譯介紹外國文學和文化。即使是國學研究，郭沫若也不僅僅是從王國維等人那裡吸收到研究中國文化的方法，他也從《美術考古一世紀》那樣的著作中得到重要的啟發。僅舉一例，在詩劇《女神之再生》的場景描繪中，郭沫若就將家鄉的千佛岩、長江巫峽、日本博多灣大海、聖經《創世紀》中的伊甸園等景色融合在一起，構成天地毀滅前的女神所住的樂園景象。身為郭沫若家鄉的後輩學人，帶著對家鄉熱愛和挖掘故鄉文化底蘊的職責，選擇地方路徑探源郭沫若的人生追求和個性氣質是理所當然，且在學術上也有近水樓臺的便利。

特別值得注意的是，樂山井研人廖平的經學思想及治學路徑深刻影響了郭沫若的學術個性及文化理想。廖平是中國近代著名的經學大師，他提出的「今文經學」及其治學路徑在中國近代學術史中是重要且獨特的。他恪守「為學須善變」的信條，在一生的學術生涯中，經歷了經學六變，他敢於質疑、敢於推翻前人陳見，也敢於否定自己的舊說。而且他的經學中前三變在某種程度上為康有為的近代改革行動提供了理論資源。郭沫若在其自傳《我的童年》中評價廖平「在新舊過度的時代，可以說是具有革命性的一位學者」。

廖平離經叛道的治學精神，深深地滲透於樂山地域文化。樂山近現代一批文化人大都是廖平的弟子和信徒。如郭沫若的中小學老師易曙輝、帥平均、黃經華等。特別是黃經華，在廖平經學體系形成過程中起到重要作用，廖平晚年的學術著作，大都由其口述，由黃經華代筆而成。這批樂山近代的文化前輩，一方面可以埋頭鑽進國學故紙中，為變革社會尋求傳統精神資源。時機成熟時，他們又可以拍案而起，為民族利益奮起抗爭。據文獻記載，四川保路運動爆發之時，嘉定中學的師生帶頭成立了嘉定保路同志會。會長王志仁，副會長易曙輝，帥平鈞、杜俊生等，與郭沫若有師生、親友關係的這些人

都成為嘉定保路同志會會員。〔註5〕

樂山近代的文化先輩體現出來的知行合一的特徵，廖平經學思想中強烈的疑古精神，通過黃經華、易曙輝、帥平均等先生的言傳身教，深刻地影響了郭沫若的學術個性。比如廖平持屈原否定論的觀點，他的得意門生帥平均和黃經華也對屈原否定論深信不移。老師們對屈原的研究，引發了郭沫若對屈原及《楚辭》的強烈興趣，奠定了他後來進行屈原研究的基礎。以此為影響中介，郭沫若在文化理想、治學方法和思維方式等方面都與廖平經學有學術傳承的淵源關係。廖平構建的「天人學」和郭沫若主張的泛神論詩學，在堅守文化信仰，融會圓通天人合一的中國哲學傳統，憧景生態文明理想方面，有著不可估量的當代意義。

三、文化文本的「跨文體」特徵

釐清了郭沫若文化資源中蘊含的「當代性」要素後，還需進一步弄清楚這些抽象的「當代性」教化價值究竟以什麼樣的形式表現出來？那些充滿了歷史現場感的作品是否同時也具有當代審美價值，能超越歷史而為當代人所喜愛，並且還能作為經典流傳下去。為了解決這個問題，必須首先搞清衡量文學經典的標準。一般說來，文學經典必須繼承傳統，而不是拋棄傳統，同時又必須為傳統注入新質，以改造傳統、發展傳統；而且，文學經典還包含著引發不同時代的思想和情感共鳴的「永恆性「特質，必須經得住時間的考驗。只有繼承著過去又蘊含著未來的作品，才能不斷衍生出「當代性」。

很多人認為郭沫若和他所創造的文化遺產有歷史價值，卻不一定適用於當代。特別是在文學方面，他的文本可能是文學史的經典，但不一定是文學經典。好些學者以中庸的態度提出「回到歷史現場」去理解郭沫若。這樣的口號其實潛含著這樣一個觀念，即可以從歷史的維度去肯定郭沫若作品的價值，但郭沫若畢竟是一個過時人物，其文學本文也只是在某一時代具有轟動效應，對於他的作品中是否能衍生出「當代性」價值，仍然疑竇叢生。如果郭沫若當時的轟動性作品不能持續地影響後來的時代，其結果就是退出文學史，至少退出當代人撰寫的中國文學史。事實上，這種情況已經發生。人們在評價郭沫若創作時，認為他的作品似乎很淺顯，意思直白，不像魯迅作品那樣

〔註5〕樂山市編史修志委員會：《樂山史志資料》1984 年第 3、4 期合刊，1984 年 12 月，第 248 頁。

有思想深度。上述看法，其實提出了這樣一些問題：淺顯直白的文字，是否就等同於淺顯直白的作品？簡單直白的文字，是否就沒有豐富的表現力，從文學性的角度，有沒有他的價值和意義？郭沫若的作品有沒有超越時代的、較為長久的價值和意義。如果僅僅強調郭沫若與世俱進的一面，把他的作品完全看作是時事宣傳的產物，那就失去了今天我們繼續研究他的本來意義了。

郭沫若的文學作品在藝術特質上需要我們重新加以審視，他的作品並不是純文學文本，其中好些是表演性的藝術文本。他更多地在原始文學、民間文學中吸取營養，以歌、樂、舞三者結合、具有很強的現場表演性。比如他的戲劇，大量地穿插民間歌謠、祭祀歌舞、詩詞曲賦等綜合表演性要素。他創造的文本中非語言系統的表演性元素對於喚起情緒起到了巨大作用。甚至有時文字在他的詩歌戲劇中，只是口傳吟詠的工具，是節奏、旋律的載體，是情緒的表達和宣洩，文字本身的意義反而退居其次了。比如他的詩歌《鳳凰涅槃》《天狗》《筆立山頭展望》《立在地球邊上放號》等，還有抗戰時詩歌，都可以作如是觀。因此對郭沫若的文學作品，可能用吟誦和表演的方式更能讓人透徹的理解，更能產生一種特殊的藝術效果。這就是郭沫若作品的特殊之處。郭沫若的長詩《鳳凰涅槃》在五四時期新詩反傳統之際，反而向中國詩歌的源頭回溯。通過對古代祭神儀式表演，再現人類古老純樸的感情以及對生命本質形態的理解，如萬物有靈、死亡與再生的觀念等，顯示出人類發展與人類情感經驗某些永恆特質。他對「招魂」情有獨鍾，他召來中國傳統中著名的神話人物、動物，《九歌》中的各路鬼神，為的是在古與今的時空跨越中，挖掘文化傳統中與現代接軌的自由和創造，永動不息的精神。

據四川音樂學院的朱舟老師粗略統計，郭沫若所創作或改編的詞曲就有30多首。特別是在歷史劇中大量引入的詞曲，如《棠棣之花》中的「明月何皎皎」、「春桃一片花如海」等 11 首歌詞，就被人們廣泛傳唱。而《蔡文姬》中反覆吟唱的《胡笳十八拍》為音樂史上著名的古曲，竟引發了音樂界對胡笳各種傳曲的考證熱〔註 6〕。呂驥在延安窯洞中作曲的《鳳凰涅槃》交響大合唱；紀念郭沫若誕辰 100 週年時，首都北京和家鄉樂山同時舉辦了大型綜合文藝演出，以多種藝術形式演繹了郭沫若眾多的文學作品。還有以《女神之再生》《爐中煤》《天上的街市》等 11 首詩歌構成的大型音樂套曲《女神之韻》，芭蕾舞劇《鳳凰涅槃》和《孔雀膽》，有施光南潛心作曲的歌劇《屈原》，

〔註 6〕朱舟：《郭沫若與音樂》，《郭沫若學刊》1995 年第 3 期。

有蘇民導演的話劇《虎符》等。還有家喻戶曉《中國少年先鋒隊隊歌》，深深地溶入了中國幾代人的燃情歲月。今天，又有藝術家將郭沫若的詩歌《青年與春天》譜曲，來自郭沫若故鄉的樂山師範學院沫若藝術團將此改編為多聲部合唱，取得很好的藝術效果。郭沫若文學本文中的表演性、口傳性特徵，使它在今天的鏡象時代獲得了新的生命力。樂山師範學院「沫若藝術團」的一位同學在表演了郭沫若的作品後，對此特點頗有心得，她在其畢業論文中提到：

> 《鳳凰涅槃》用中國民族古典舞來表現是最適合不過的了。配合其詩歌，創作出來的舞蹈應該叫做「舞蹈詩劇」。它是舞蹈、詩歌和戲劇的結合。其詩其劇可以在舞蹈動作中得以表現。詩中的鳳與凰飛翔盤旋自焚的畫面，鳳凰對唱哀歌、還有結尾的鳳凰浴火重生的場面，加上本身的戲劇成分，如典型的開端、發生、發展、高潮、結局的布局。還原成完整的舞蹈無疑是非常美麗壯觀的。如果研究其民族與地區的特有風俗禮儀、道德風尚、宗教信仰、審美情趣等因素。將其揉合在特定的舞蹈語彙中，相信會創化出當代觀眾喜聞樂見藝術形式。〔註7〕

還有一位同學在朗誦了郭沫若的詩歌後，獲得了酣暢淋漓的情感共鳴，她寫下了這樣的體會：

> 初識《天狗》那一刻真的很感動，這感動更多地是來自豪壯，來自激越，來自大視野和大氣魄，站在宏觀意識的高處，站在歷史光線明暗轉變的巨大銜接點上。郭沫若《天狗》誇張的表述令人驚喜，帶著自我釋放的快感，帶著健康生命的靈動，也帶著青春期的狂燥凌厲。如此猛烈地引爆自我，無疑震驚民族詩歌的溫柔之鄉。它以一種強烈的、極端的方式，提醒我們超越平凡、體驗生命、回歸激情。讓我也有了從沈寂中騰身而出的衝動，跟著它一起激情狂奔。
>
> 我感到冥冥中有宏大的東西在浮動，身體內產生了一種迴蕩激揚的動力循環，它促使我聽從內心的聲音，站在自己所在的位置，用我的五官，同時也用跳動的心，感覺這浩瀚的世界，能如天狗一

〔註7〕陳思宇：《郭沫若早期作品中的表演性要素》，樂山師範學院文學院漢語言專業本科畢業論文，2008年，未刊。

樣，激情狂奔，將日子過得威武雄壯，這樣的生活才不無聊。是「天狗」幫我尋找到了破解頹廢鬱悶的密碼。原來我們並沒有忘記夢想，也還在尋找關於生命終極的力量。〔註8〕

郭沫若對民族傳統文化的創化，還表現在與傳統文體形式接軌與翻新。郭沫若實行文學上的自由主義的結果，就是回復到古代文、史、哲不分家的文體形式中去。我們可以從他的小說、散文、戲劇中看到民族文化中的原始風。歷史傳統中最早的藝術因子仍活躍在他的作品中，大量的神話故事、原始歌謠、民間傳說、歷史人物進入作品，成為其基本情節框架。文、史、哲不分家的「反文體」，使他在現代白話文體正朝著「四分法」的方向分出涇渭時，卻敢於超越時空，回歸傳統，借古鑒今。他可以用解構、荒誕、反諷、拼貼等今天被視為後現代的手法，讓古今偉人同臺對話，他可以解構經典，讓聖賢回歸平凡。郭沫若的藝術文本中，並存著許多先鋒、時尚的元素，當下流行的所謂穿越手法，其實在郭沫若戲劇中早就有所運用，比如早期的劇詩《廣寒宮》，頗有些後現代主義荒誕色彩，作者像一個天真的小孩隨心所欲玩積木一樣，將民間關於月亮的諸多傳說，如月宮桂樹、牛郎織女鵲橋相會、神仙張果老和吳剛坎桂樹等故事進行拆解，將全新的時代精神作為黏合劑，以移花接木、張冠李戴、偷樑換柱的手段再進行雜糅組合。在他的筆下，清虛仙境變成了熱熱鬧鬧的世俗人間，劇中的神仙張果老演化成現實中專制教育的私塾先生形象，嫦娥則是不甘被清規戒律管束壓制的一群活蹦亂跳的姑娘。道貌岸然的神仙張果老，成為眾嫦娥戲弄取笑的丑角，吳剛伐桂成了張果老與嫦娥們打賭的滑稽之舉。而且劇中有詩，有歌唱，也有舞蹈。

郭沫若的很多非虛構性的文學文本中，你還會看到最宏觀的社會波瀾和最微觀生活細節，最主觀的激情和最客觀的寫實，最簡單的文字和最玄妙的思想，形成巨大的張力，如此的矛盾又如此的統一，是充滿了強烈文學色彩的歷史性、哲學性文本。比如自傳《我的童年》和散文式的書信《孤鴻》，既有飛揚的激情，生命的沉醉，大筆一揮的寫意，又有最細膩的生活細節，纖毫畢露的工筆描寫。

總而言之，郭沫若的文化文本可以讓戲劇裏面有詩，詩歌裏面有戲劇，小說與散文同在，文學與歷史合一。他既追隨著文史不分家的原始文體特色，

〔註8〕鍾雨春：《破解頹廢鬱悶的密碼》，載陳俐、陳曉春主編：《郭沫若經典作品多元化解讀》，四川大學出版社，2006年，第25～26頁。

又超前地站在後現代文化的先鋒陣地。這種跨文體甚至反文體的特色使他的文本不一定是純文學的經典，但我們從不同角度，不同層面去深深挖掘這些文本意義時，你會發現那是從內容到形式都非常獨特的文化經典。

自鏡象文學產生前，我們很長一段時間都生活在書寫文化時代，就誤認為文學就是用文字寫成的文本；文學作品是否作為經典傳下去，就在於文字表意功能的強大與否。今人對文學文本的闡釋，往往受制於這個時代文學研究和闡釋的範式。由於文學文本生產時代和傳播時代的時間錯位，很可能產生對文學文本隱含信息的「誤讀」和「漏讀」。殊不知文學的源頭活水是口頭文學。處在這一階段的文學，在弗萊看來，就是春天的文學，充滿著熱情和狂想。而文學像自然界那樣，經歷由春到冬的循環後，仍然又有在更高階段向原始文學回歸的可能。就像時裝的變換一樣，它有流行的週期性，但不可能完全的復古。郭沫若所處的時代是中華民族的生命覺醒期和復蘇期，他是要從原始藝術中尋找時代精神的載體，從中再安放時代的靈魂。原始時代的文學是口耳相傳的聽覺藝術，是載歌載舞的表演性藝術。而今，由於數字化、多媒體信息傳播革命的興起，文學已經進入了全新的鏡象時代，鏡象文本是在綜合了口傳文本和文字文本的基礎上的更高一級階段，是聲、形、色兼具，並大量應用高科技手段的藝術。文學傳播媒介的革命性變革，其實是在更高的階段上的循環發展，是在更高階段上向原始表演性藝術的回歸。郭沫若文學本文讓我們看到口傳文學與當今鏡象文學之間的緊密聯繫，看到了他的作品正是這一鏈條上強勁的一環。從這個角度來欣賞郭沫若的文學世界，如他的詩歌《鳳凰涅槃》《光海》《天狗》《天上市街》等，是不是在表達人類的生命原型以及文學的口傳性、表演性方面，有它不同尋常的意義呢？今天我們重讀這些作品，是不是可以超越語言文字的表意性功能，挖掘文本中含有的表演性要素，來重新審視郭沫若對中國文學發展的價值所在。

今天距郭沫若誕辰一百多年過去了，我們之所以還要紀念郭沫若，除了要回答他對中國現代文化帶來什麼樣的新質，他對中國現代文化發展作出什麼樣的貢獻之外，更重要的要回答他在歷史長河中，在普遍的人生追求中，他能給我們這個世界、給每一個人的人生帶來什麼樣的啟示。從這個意義上追問，郭沫若所追求的最高人生境界，是像歌德和孔子那樣全面發展，自強不息的豐盈人生。偉大的人物總是通過某種弱點與他們的時代聯繫在一起。郭沫若在一生的探求實踐中，儘管有過失誤，也有過迷茫，但是，他像歌德

筆下的浮士德那樣，敢於不斷否定自我，敢於創造開拓，永不止境地走在探索真理的路上，他確實無愧於周揚賦予他「中國的歌德」的稱號。這就是郭沫若的五彩人生和文化創造帶給我們永久的精神財富。

時代之勢與文化之道

郭沫若與少年中國學會同鄉同學關係考——兼論郭沫若從邊緣走向中心的心理動因

郭沫若在其自傳《創造十年續篇》中，談到歷史和敘述的關係，他說：

> 要談文壇掌故，其實不是容易的事情。知者不便談，談者不必知。待年代既久，不便談的知者死完，便只剩下不必知的談者。懂得這個妙竅，便可以知道古來的歷史或英雄是怎樣地被創造了出來。在這兒我覺得私人的筆札和日記似乎可以多少表現著一個時代的真相，然而此正筆札文學和日記文學之所以當筆誅墨伐矣。聰明的人可以用創作的態度來寫日記，而更聰明的人卻勸人連日記也不要寫。〔註1〕

正是因為感慨在文本敘述中真實的歷史被遮掩，郭沫若強調他的自傳「沒有一事一語是加了一點意想化的」。〔註2〕他的自傳寫作放棄了文學虛構的曲筆，原生態地反映他人生歷程。但是如實地記載自己的人生經歷，是否就一定能反映歷史的真象呢。一個人置身於一個變化多端的時代，其間複雜的人事糾葛，事件的前因後果，當事人不一定能完全把握。更重要的是，作者在記述自己的行狀時，受各種因素的影響，總會有意無意地選擇、突出一些人與事，而忽略另一些人與事，這種選擇、過濾，在很多時候可能是心靈無意

〔註1〕郭沫若：《學生時代‧創造十年續編》，人民文學出版社，1979 年版，第 192 頁。

〔註2〕郭沫若：《少年時代‧我的童年》，人民文學出版社，1979 版，第 151 頁。

識的作用，是連作者也沒有察覺到的。歷史是回憶中的事件，事件用文字敘述，主觀意識必然會滲透其中。這一主觀意識的存在，大概就是郭沫若說的「知者不便談，談者不必知」的緣故。於是敘述性的歷史實際上成為海洋中的冰山，有的事件浮出水面，有的事件則完全沉入海底。本著這種認識，我們再讀郭沫若的自傳，就發現一些有趣的現象，如郭沫若和巴蜀舊友同鄉的關係，他在談小學階段的同學關係時，筆鋒常帶感情，記憶很深，敘述很細。而對中學同學的關係卻大都隻言片語，語焉不詳。比如郭沫若在成都分設中學丙班讀書的同學。

這個班級出現了當時和後來都對中國社會產生很大影響的重量級人物，他們中有王光祈（潤嶼）、曾琦（慕韓）、周無（太玄）、魏時珍、李劼人、蒙文通等，這批人和郭沫若一樣，都是集自然科學、社會科學和社會改革活動於一身的球形天才。在五四運動前後，這個班級的皎皎者合力進行的社會活動，對中國社會改革走向產生了極其重大而深遠的影響。其標誌性事件就是「少年中國學會」的成立和活動。目前學者們公認，這是五四前夕出現的歷史最久、會員最多、分布最廣、影響最大、分化也最明顯的一個社團。五四時期中國社會改革的各種精英彙集於此，演出了一幕威武雄壯的改革大戲。有學者認為少中會是孕育中國社會變革的社會母體，它包含了改革中國的左中右三種政治理念和政治力量，它的產生改變了當時中國社會政治的基本格局，將當時一黨獨革變成了三黨競革。〔註3〕少年中國學會發起的最早動議來自於這個班級的兩位同學曾琦和王光琦。正式列名的發起人中，加入了周太玄。魏時珍，李劼人也因為是他們的同班好友，又志同道合而成為其中的核心成員。這個著名的班級產生的這一批文化通才，應該算是同鄉、同學集結而成社會精英組織的典範。其後，少年中國學會的主導方向主要由由這一同學精英群體體現出來。據統計，在少年中國學會會刊《少年中國》雜誌上，有會員56人共發表文章564篇，其中同是中學同學的王光祈、曾琦、魏時珍、周太玄、李劼人共發表133篇。佔據1/5的比例。〔註4〕如果再將康白情、陳愚生等四川同鄉會員的文章加起來，就可以清楚地看到，同鄉同學在這一社會團

〔註3〕參見李獻禮，胡堅峰：《略論五四後中國政壇的裂變》，《文史博覽》，2006年第4期。

〔註4〕文中數據是根據李永春《少年中國與五四時期社會思潮》中的數據再統計的結果。見中國知網，中國優秀博碩士學位論文全文數據庫。

體組織中的紐帶作用。

　　從成都府中學堂走出的這一批文化精英，由於同受地域文化的薰染，最容易在文化認同的過程中，由「他鄉遇故知」的同鄉關係扭結為社會集團和社會組織。它充分說明中國近代文化在發生、播散、流變的過程中，由於受中國傳統封閉型文化中的地緣性家鄉觀念的影響，在很大程度上首先依賴於家族和同鄉關係織就成相應的人事網絡。這一網絡的協同作用又產生著文化的同構性，成為在觀念信仰之外的黏合劑。少年中國學會的中堅分子，多是生於巴蜀之人。地域的封閉性，使他們對外界保持著強烈的好奇和渴慕，外來文化稍微有一線光亮投射進來，就被他們迅速捕捉，而且充分吸收。再加之巴蜀地區的氣候陰鬱沉悶，陽光偏少，被誇張成蜀犬吠日的笑談。受氣候因素的影響，蜀人性格也很沉鬱，少有北方人開朗豪爽，因而心理能量容易大量鬱結在體內，他們極需要一種途徑來宣洩，一旦有一個觸發點，就容易形成爆發性的力量，猛烈地向外噴射。如果這種帶電的文化因子再因為相宜的時間與空間的匯聚，強大的電流就可能產生巨大的磁場，對社會產生不可估量的影響。成都府中學堂這一批同學與郭沫若一樣共同見證了四川保路運動，並參與其中。共同的經歷使他們意識到中國社會改造的迫切。辛亥革命失敗以後，王光祈、周太玄、曾琦等各走它鄉，他們經異域文化強刺激後，帶著最充足的電荷，再次相遇撞擊，釋放出前所未有的巨大能量。他們共同發起成立少年中國學會，正是基於這樣的原因。

　　但奇怪的是，郭沫若在自傳《反正前後》的記敘中，只是以不到兩頁的篇幅，將上述同學情況順帶提了一下，並沒有過多涉及自己與這些人的交往。他用客觀中性的筆調，稱他們為「同學中的皎皎者」。對低一班的周太玄同學，郭沫若印象較好，稱他是「翩翩出世的一位佳公子，」並對其多才多藝表示讚賞。及至二十世紀三十年代，李劼人的《死水回瀾》等長篇小說三部曲問世，郭沫若對此評價甚高，專門以《中國左拉之待望》的文章，彰顯李劼人的文學創作價值。在這些同學中，作者顯然對曾琦最沒有好感，自傳多次以用嘲諷的口氣提到他，說曾琦當年的外號是滑稽的「曾補人」。在以後的自傳《創造十年續篇》中，作者不時提到他與曾琦的政治分歧。對曾琦的國家主義政治觀，特別是「內除國賊，外抗強權」這一口號的實質及飛潛政策進行了剖析批判。自傳還講述了五卅慘案後在上海成立四川同鄉會，終竟不了了之的事。郭沫若評論道：「中國人據說是一盤散沙，但是四川人卻更像是一盤鵝蛋

石。四川人的鄉誼素來是很淡薄的。這原因怕是由於多是客籍的原故」。〔註5〕從這些描繪中可以看出郭沫若似乎並不太看重同鄉同學的關係。

那麼與郭沫若同在成都府中學堂的這一批二十世紀初在中國舞臺上的風雲人物，究竟對郭沫若的人生是否產生過影響呢？當我們返回歷史現場，深究郭沫若與這一群精英同學若隱若現的關係時，發現郭沫若在五四運動最初一輪中國社會的改革大潮中，竟落在了他這一批同學的後面。

讓我們首先把目光放在中學畢業後，與他交往時間最長，也是他最反感的同學曾琦身上。郭沫若在《少年時代》中自述與曾琦在成都府中是先後同學，郭入學時，曾已廢學，在成都他們只是見過一兩次面，連招呼都未曾打。但在日本留學時，他們接觸的時間較多，曾在房州共同洗過海水澡。1918年，留日學生為反對段其瑞政府與日本簽訂所謂《中日共同防敵軍事協定》，在日本集會抗議，遭到日本政府的拘捕鎮壓，其後學生激於義憤，罷學歸國，並在上海成立留日學生救國團。這次活動，成就了他的同學曾琦作為青年領袖的地位。

這次留日學生抗議活動中也波及到岡山，岡山留學生以無限期罷課作出回應，並有好些同學在作回國的打算。郭沫若在這次運動中沒有成為主要骨幹，也沒有回國。其主要原因，郭沫若在《創造十年》中回憶道，是因為郭沫若和日本女人佐藤富子結了婚，在運動中被激進學生組織「誅漢奸會」歸為「漢奸之列」，受到警告。很有意思的是，郭沫若以自嘲的口吻講述1915年自己參加抗議日本二十一條國恥，也曾回國：

> 但是，慨當以慷地回了國的男兒在上海的客棧裏呆了三天，連客棧附近的街道還沒有辨別清楚，又跟著一些同學跑回日本。誰料隔不到兩年我又變成了「漢奸呢」？〔註6〕

這段時間，郭沫若內心很苦悶，想要愛國，卻被愛國學生當作敵人。同時，由於經濟緊張的原因，這時的郭沫若一個人學費要養活一家三口已經很勉強了。根本無法籌集回國的路費，以響應回國抗議的號召。因此這次抗議活動，郭沫若基本上退出了學生運動的中心，處於默默無聞的狀態。日本學者根據收藏在日本外務省的檔案資料，描述了包括郭沫若在內的岡山留學生

〔註5〕郭沫若：《學生時代·創造十年續篇》，人民文學出版社，1979年版，第221頁。

〔註6〕郭沫若：《學生時代·創造十年》，人民文學出版社，1979年版，第33頁。

在這次活動中的情況：

> 6 月 2 日，六高校長金子銓太郎請郭開貞等八名留學生到自己
> 家裏。（從郭沫若的名字寫在最前面，可以判斷六高的學生運動領導
> 人不是郭沫若）。校長懇切地對他們說：「須自今天起恢復上課，參
> 加本期考試，否則即視為不及格。」留學生們對於校長的一番懇切
> 的談話，特別是請到自己家裏坦率地談自己的意見，大約產生了精
> 神上的動搖，感到不得不下決心最後決斷了。他們都有一種焦躁感，
> 感覺時局的發展自己無能為力，如何怎樣反對也沒有辦法打破當前
> 的狀態，只能把悔恨的眼淚咽到肚子裏去。留學生從 3 日開始恢復
> 上課。恢復上課學生共 9 名：「郭開貞、屠模、楊子驤、徐世民、張
> 枬、白銘璋、楊子韜、趙心哲、李酈輝」（按學年別排列）。後來，
> 郭沫若參加了本學期的考試。〔註7〕

顯然，由於上述原因，在這次運動中，郭沫若沒有引人注目的表現。而曾琦
作為學生救國團的主要負責人，由日本而上海、北京，開始躍上了中國政治
舞臺。緊接著中國歷史上最偉大的五四運動發生，這一運動的發生，居然與
郭沫若所在的成都府中學堂的同學群體有著非常重要的關聯。在一戰後的巴
黎和會上，中國代表團提出了取消「二十一條」，以及列強在華特權的要求，
被美、英、法、意、日等國家否決，巴黎和約甚至還肯定了日本侵奪我國山東
的權益。中國作為參加協約國方面作戰的戰勝國反而受到令人髮指的屈辱，
而北洋政府竟然準備認可。當時周太玄和李璜正在巴黎主辦「巴黎通訊社」。
得知北洋政府的賣國行徑後，在第一時間內將事實真象迅速傳到國內，由各
報披露出來，於是轟轟烈烈的「五四」運動爆發了。當時任《川報》駐京通信
記者王光祈，從趙家樓一出來，就趕到電報局往成都拍了幾十個字的新聞專
電，同時寫出報導五四運動的長篇通訊寄往成都。由於郵電業的落後，5 月 16
日，王光祈在 5 月 4 日夜間寫的長篇通信才寄到成都。他的同鄉好友李劼人
與朋友們馬上加上很刺激的標題，再加上一個長篇按語，以最醒目的位置在
《川報》上刊登出來。這篇通訊像一顆重磅炸彈，引爆了成都學界聲援北京
學生，聲討賣國政府遊行抗議活動。〔註8〕

〔註7〕名和悦子：《郭沫若在岡山》，原載日本《中國研究月報》1995 年 8 月號。
〔註8〕參見李劼人：《五四》追憶王光祈》，《李劼人選集》第 5 卷，《四川文藝出版
社》，1986 年版。

在五四運動發起和傳播過程中，郭沫若所在班級的這幾個同學由巴黎而北京，由北京再成都，構成重要信息傳播鏈，從而引爆了五四運動，並迅速在全國掀起反帝浪潮。然而，郭沫若在這一重大歷史事件中，並沒有像他的同學那樣，進入事件中心，而只是成為信息終端的接受者。他在日本，是從國內報刊的新聞報導中瞭解到五四運動的興起，雖然他立即響應，以成立愛國組織「夏社」來呼應五四運動。但比起他的同鄉同學，畢竟慢了一大步。

更令郭沫若羨慕的是，緊接著五四運動後的 7 月，他的幾個同班同學再次站在了時代的浪頭上，發起成立了在全國影響很大的社團組織少年中國學會。少中會的發起，源於曾琦組織留日學生救國團的活動。他從日本回國後，北上京津，想在北京建立留日學生救國團分部，首先訪問在京的同鄉同學王光祈、周太玄、陳愚生等人。王光祈早有組織學會共圖改造中國之大業的想法，正缺一群志同道合之朋友。曾琦的到來，促成了他們將自己的想法變為現實行動。於是他們馬上聯繫當時幾位同學好友醞釀，經過短短幾天商議，就在北京城南的岳雲別墅召開會議，籌備成立少年中國學會。會議列名的發起人有陳淯、張尚齡、曾琦、李大釗、周太玄、雷寶菁、王光祈。一年後，學會在北京正式成立。〔註9〕

少中會的成立，使郭沫若這幾個中學同學名聲大振，社會地位陡然上升，成為炙手可燙的人物。郭沫若沒有進入這一重要社會精英團體。他被有意無意地忽略了。這與他過去在中、小學時期，十處打鑼九處在，每次鬧學潮都是學運領袖的地位形成鮮明的反差。因此，這段時間，他情緒非常低落苦悶，他在絕句詩中感歎道：

　　　　寄身天地太朦朧，回首中原歎路窮。

　　　　入世無才出未可，暗中誰見我眶紅？〔註10〕

世界真小，因為投稿的關係，他開始與少中會核心成員宗白華通信。由宗白華介紹，另一個少中會會員田漢又與郭沫若通信訂交。於是郭沫若有意無意地又置身於少年中國學會會員構成的關係網絡中。

從《三葉集》中郭沫若與少年中國學會的會員宗白華、田漢通信中的片言隻語，可以看到當時郭沫若與少學會的核心成員——郭沫若中學同學曾琦、

〔註9〕吳小龍：《少年中國學會研究》，中國知網，中國優秀博碩士學位論文全文數據庫，2001 年。

〔註10〕郭沫若：《學生時代·創造十年》，人民文學出版社 1979 年版，第 53 頁。

王光祈、魏時珍、周太玄等關係還不錯。在其自傳《少年時代》和《學生時代》中，郭沫若多次提到與曾琦的印象和交往。給宗白華的信中，郭沫若解釋道：

> 《尋死》一首，除曾慕韓兄外，沒有第三個人看過。慕韓兄他
> 知道我。〔註11〕

應該說他與曾琦（慕韓）在日本的來往很密切，關係非同一般，互相間非常瞭解。但郭沫若在三十年代撰寫的自傳中，卻明顯表示出對曾琦的心理排斥和反感，這大概是因為政治觀念的分歧而產生的敵對情緒吧！因此，《三葉集》的潛文本，實際上關涉著郭沫若與過去的同學，當時是中國社會舞臺上重要人物的對話。關涉著他對少年中國學會的同學諸人的關注及情感訴求。郭沫若對其會刊《少年中國》幾乎是每期必讀。如果說他提出申請想加入此會，應該是很自然的。但郭沫若在所有的回憶性著作中，並沒有提及他要求參加少年中國學會的事情。據陳明遠說：

> 宗老師告訴我：「……會員裏面，曾琦（慕韓）、王光祈（潤嶼）、
> 魏時珍、周太玄等，都是四川人，曾在成都高等中學堂與郭沫若（開
> 貞）同學。所以先前郭沫若嫖娼挾妓、搞同性戀、酗酒鬧事、自暴
> 自棄的不良行為，我也有所耳聞。」
>
> 「1920年郭沫若有意加入少年中國學會，但是許多會員表示，
> 『吾會中會員，入會時取格極嚴……況士人無行，自古已多，今世
> 學者尤多反覆無常之小人。故吾會友介紹新會員，當慎之又慎，審
> 之又審……。』郭沫若終竟沒有能夠得到批准入會。」〔註12〕

宗白華所說有所耳聞之事主要來自少中會的核心成員、郭沫若的中學同學魏時珍。宗白華和魏時珍是同濟大學的同學，關係非同一般。正是由魏時珍的介紹，宗白華才加入了少年中國學會，並參與學會成立的籌備等重大事項。從這些渠道，宗白華不僅瞭解郭沫若的詩，更瞭解了郭沫若的過去。宗白華在信中明確提到：

> 時珍來，把你們從前鬧的事告訴我了。我想人孰無過，少年

〔註11〕郭沫若：《三葉集》，《郭沫若全集》第15卷，人民文學出版社，1990年版，
　　　　第18頁。
〔註12〕陳明遠：《忘年交——我與郭沫若、田漢的交往》，學林出版社，1999年版，
　　　　第108～109頁。

時，乘一時感情，尤易做出越軌的事，我向來以為一個人做錯了事，只要懺悔了；又做些好的事業，那就抵消了。人類都是有過的，只要能有向上的改造，向上的衝動，就是好人了。時珍也是這個見解，他見你那長信很受感動，所以他對你的將來有無窮的希望咧！〔註13〕

宗白華的信竭力想淡化郭沫若因為過去之事帶來的心理負擔，因此，只是在信的結尾一筆帶過，而將重心放在安慰郭沫若上。郭沫若知道魏時珍對宗白華講了他過去中學的荒唐之事後，內心很不平靜，在覆信中，一再檢討，「我的詩形不美正由於我感情不曾美化的緣故。我今後要努力做人，不再亂做詩了。人之不成，詩於何有？白華你也恐怕不要我這樣的人了罷？」自卑之感顯而易見。

的確，少年中國學會對加入的會員條件是非常苛刻的，籌備之初，即提出了三條嚴格的要求：一、純潔，二、奮鬥，三、對於本會表示充分同清。入會者要有五個會員為之介紹，並經過一段時間的通信、談話和考察，證明確實符合那三項條件才行。學會還規定有宗教信仰的人、納妾的人、做官的人都不能入會，對會員的行為約束也有明文規定，如少年中國學會規約第十四條規定：

> 凡會員有下列行為之一者，由評議部提出警告書，送交該會員，勸其從速悔改。一、有嫖賭或其他不道德之行為者；二、與各政黨有接近嫌疑、因而妨害本學會名譽者；三、違背本學會信條者；四、對於會務漠不關心者；五、介紹會員不加審慎、因而妨害本學會名譽者。已經入會的會員，如果違犯上述條例，警告兩次，如不悔改，則予以除名。〔註14〕

當初蔡元培在北大發起組織進德會，將會員分為三種：「甲種會員——不嫖不賭，不娶妾；乙種會員——於前三戒外，加不作官吏，不作議員二戒；丙種會員——於前五戒外，加不吸煙，不飲酒，不食肉三戒。」〔註15〕可見當時知識分子社團組織對入會人員道德品格方面的條件要求非常苛刻。

〔註13〕郭沫若：《三葉集》，《郭沫若全集》第15卷，人民文學出版社，1990年版，第32～33頁。
〔註14〕《少年中國學會規約》，1920年，引自謝蔭明，陳靜主編：《北京的社團》，知識出版社，1994年版，第108頁。
〔註15〕蔡元培：《北京大學進德會旨趣書》，《北京大學日刊》，1918年1月19日。

　　郭沫若複雜的生活經歷使他最終沒有獲准入會。應該說，這於胸有大志
的郭沫若是一個不小的打擊，他的心情是非常複雜和微妙的。在給宗白華的
信中，他吐露了自己的心曲：

> 　　我前幾天才在朋友處借了《少年中國》底第一二兩期來讀，我
> 有幾句感懷是：我讀《少年中國》的時候，
> 　　我看見我的同學底少年們，一個個如明星在天。
> 　　我獨陷沒在這的，
> 　　只有些無意識的蠕動。
> 　　咳！我禁不住我淚湖裏的波濤洶湧！
> 　　慕韓，潤嶼，時珍，太玄，都是我從前的同學。我對著他們真
> 是自慚形穢，真是連 amoeha 也不如了！咳！總之，白華兄！我不
> 是個「人」，我是壞了的人，我是不配你「敬服」的人。〔註16〕

　　因為青少年時期的放浪行為，被拒之於少中會門外的事件，深深地留在
郭沫若的記憶深處，成為心中之痛。以至於潛意識中，有組織純文學團體「創
造社」與「少年中國學會」分道揚鑣的企圖。但作者後來卻主要從政治方面
來解釋與少年中國學會的分歧，他多次提到自己與少中會的政治見解的不同，
甚至在回憶成仿吾因激烈批評田漢的作品《薔薇之路》與之失和的事件時，
將遠因追溯到創造社的非國家主義色彩與少年中國學會宗旨隱隱成為對立的
政治原因。〔註17〕其實當時少中會的政治分裂還不很明顯，其主要成員公開
打出國家主義的旗號，已是 1923 年的事了。而當事人田漢對這一事件的解
釋，並沒有涉及如郭沫若推測的原因：

> 　　仿吾是沫若的朋友，也是我的湖南老鄉，但我們的火氣都不小。
> 我在東京出過本《薔薇之路》，仿吾批評我，說我寫作態度不夠嚴
> 肅。仿吾的話是對的，但因他措詞過於肯定，又沒有直接對我說引
> 發了我的火。我漸漸從創造社疏遠，獨立經營南國社。〔註18〕

　　郭沫若的這些同學成為當時中國的社會明星，而他被籠罩在由中學同學
編織的社會改革偉大事業光環之下，由此產生強烈的自卑。一是在中國現代

〔註16〕郭沫若：《三葉集》，《郭沫若全集》（15 卷），人民文學出版社，1990 年，第
　　　　18 頁。

〔註17〕參見郭沫若：《學生時代・創造十年》，人民文學出版社，1979 年版，第 149
　　　　頁。

〔註18〕田漢：《與郭沫若在詩歌上的關係》，《詩創造》，1941 年 12 月。

社會變革最要緊的關頭，他沒有進入這一批精英同學的圈內，因而失去與此共創社會組織的機會。特別是隨著少年中國學會的創辦和聲名大振，他的這些同學如明星在天，而他仍在社會的邊緣徘徊，不僅無法如願加入少年中國學會，而且還是由自己的同學揭了老底被拒之門外，這些際遇在某種程度上加劇了郭沫若內心的焦慮和躁動，其鬱結的心理能量，在詩中猛烈地噴射出來。詩中表現出來的叛逆姿態和激動的情緒，夾雜著他潛意識中由邊緣到中心的強烈渴望，在冥冥中應了五嫂對他的評價：「凡事都想出人一頭地，凡事都不肯輸給別人。」

的確，五四時期前後，就在這批同學精英大顯身手的時刻，郭沫若仍處在默默無聞的狀態，很多方面都沒有優勢可言。論寫詩，有康白情《草兒》，周太玄的《過印度洋》在新詩領域的開創之功；論社會改革，「少年中國學會」在中國社會舞臺上閃亮登臺，反響熱烈。但是，郭沫若身處邊緣的冷落，碰上他不服輸的性格，其生命的激流摔在礁石上，反而激起更巨大的浪花。青年時期這一段挫折經歷，引發他不甘示弱，後來居上的趕超意識。後來他在新詩中表達出來那麼強烈的情緒，以及以後在社會活動中的出眾表現，未嘗沒有與這些同學一較高低的心理動因。

雖然沒有進入少中會，但少中會成員的思想觀念和人生理想，對他的影響和感染是巨大的。在某種程度上也可說是孕育郭沫若思想信仰的母體。少年中國學會成員雖然思想雜陳，但共同信念即是沿著進化的路向，改革老大衰敗之中國，用改革或改良的手段，孕育青春中國之再生。郭沫若以詩人的直覺，穿透時空，將鳳凰涅槃這一中外共存的原始意象隨手拈來，便創造了中國詩歌史的奇蹟。毀滅與創造、破舊立新的理想凝聚在這一感性意象中，表現了當時最典型的時代情緒和理想。如果說梁啟超《少年中國說》是少年中國學會的理性宣言，那麼郭沫若《鳳凰涅槃》則是少中會思想和行動的詩性宣言。郭沫若很快以自己對時代的直覺感悟，另闢蹊徑，在文藝領域中，以全新的詩歌突破傳統即有規範，奏出時代的最強音。當他的同學由外向內，大都退回書齋、實驗室和講堂時，他逆向而行，從文化革命領域跨入政治革命領域，將他的中學同學甩到時代後面，成就了自己的光榮和夢想。郭沫若與這批中學同學的關係，可以用十九世紀哲學家泰納的話來最後概括：

> 藝術家本身，連同他所產生的全部作品，不是孤立的。有一個包括藝術家在內的總體，比藝術家更廣大，就是他所隸屬的同時同

地的藝術宗派或藝術家家族。……到了今日，他們同時代的大宗師的榮名似乎把他們湮沒了；但要瞭解那位大師，仍然需要把這些有才能的作家集中在他周圍，因為他只是其中最高的一根枝條，只是這個藝術家庭中最顯赫的代表。〔註 19〕

〔註 19〕泰納：《藝術哲學》，《西方美學史資料選編》（上），上海人民出版社，1987 年版，第 661 頁。

人生路向的艱難選擇——郭沫若
致成仿吾的書信《孤鴻》品讀

　　郭沫若大量的文字中，書信佔有很大的比例，因為是與親人或朋友談心，敘事說理描物，信手拈來，隨意坦誠，所以書信在表露作者的心跡方面，比純文學作品來的更真實、更自然。郭沫若寫給朋友「芳塢」的一封信《孤鴻》〔註1〕，就是一個典型的例子。

　　信中的「芳塢」即成仿吾（1987～1984）湖南新化人，作家、文學評論家。後著作小說《流浪》、評論集《使命》《長征回憶錄》等。郭沫若與成仿吾同是日本岡山第六高等學校的先後同學，後來一齊辦創造社，郭沫若曾稱自己與成仿吾、郁達夫是創造社「一隻圜鼎的三隻腳」，1925年後，又共同倡導革命文學。在共同的事業追求中，結下了深厚友誼。

　　1921年，郭沫若與成仿吾結伴回上海，商量辦創造社刊物《創造》季刊。1922年郭沫若再轉回上海，卻是獨歸，他在給成仿吾的覆信中，寄寓著孤鴻的感歎：「此次回來，海天依舊，白鷗卻一隻也不能看出，我流著淚寫了一首詩來：白鷗何處去了？仿吾喲，我們別來已一年了！去年是我倆同歸，今年卻是我一個人獨回。啊，海上的白鷗何處去了？〔註2〕1924年，郭沫若再次去日本，而成仿吾即將去廣州。這封信與成仿吾再次訴說分別之苦時，明確

〔註1〕郭沫若：《孤鴻》（1924年8月9日），原載《創造月刊》1926年第1卷第2期，後收入作者《文藝論集續集》《沫若文集》第10卷、《郭沫若全集》文學編第16卷。本文據原刊引出，引文不再另注。

〔註2〕郭沫若《致成仿吾》（1922年7月10日），原載《創造月刊》1922年第1卷第2期。

地把自己比作孤鴻，以表達懷念戰友的孤寂心情。同時也坦露著郭沫若在人生選擇的重大關頭的心路軌跡。

在郭沫若的人生路途上，有兩次最為要緊的轉變。一是由一個熱愛生活、八方求索的詩人轉變為自覺信仰馬克思主義的自由知識分子；一次是由一個自由知識分子轉變成為中國共產黨的文化代言人。這封信對於我們認識郭沫若第一次轉向具有非常重要的價值。剖析它不僅使我們把握一個中國知識分子的現實選擇和內心隱秘，從而更好地理解郭沫若一生的走向，而且更容易使我們看清當時中國社會的重大轉折。

五四文學革命退潮後，郭沫若也從狂飆突進的青春躁動期沉靜下來，文學乃至文化啟蒙革命在中國並沒有取得預期的成效，郭沫若希冀的鳳凰涅槃的新中國並沒有誕生。中國向何處去，這是壓在中國進步知識分子心上的一個沉重問號。這封信中，郭沫若自述他這次到日本來，懷揣三本書，一本是《歌德全集》，一部是河上肇的《社會組織和革命》，還有一部就是屠格涅夫的小說《新時代》了〔註3〕。這三本書代表著郭沫若當時可能進行的人生選擇。剛從日本福岡醫科大學畢業的郭沫若，是像當年歌德那樣，做一個純粹的學者或文人，以冷靜求實的態度進行自然科學及純粹理性的研究，以科學的成就書寫中華民族的嶄新篇章呢？還是效法屠格涅夫筆下的進步知識分子，到民間去，到平民中去，進行實際的政治革命鬥爭。即便是從事實際的革命鬥爭，是認同河上肇對社會政治和經濟革命的分析，走純粹的經濟改革之路呢？還是以俄國革命為參照，去從事馬克思主義指導下的無產階級革命鬥爭，在進行經濟改革的同時，輔之以政治革命，先推翻一個不合理社會制度，以新的制度促使新的生產力的發展。這些錯綜複雜的社會問題是困擾著青年郭沫若的人生選擇。

很多學者認為，郭沫若之所以選擇馬克思主義，是因為翻譯河上肇的《社會組織和革命》。的確，郭沫若自己就在這封信中說過：「這書的譯出在我一生中形成一個轉換的時期，把我從半眠的狀態裏喚醒了的是它，把我從歧路的彷徨裏引出了的是它，把我從死的暗影裏救出了的是它，」但是，人們也

〔註3〕屠格涅夫的《新時代》係德文譯名，俄文原名為《處女地》，郭沫若譯文由德文本譯出。《處女地》德譯本的來歷及讀此書的經歷，郭沫若在這封信的後半部分進行了深情地回顧介紹。1924年4月郭沫若重返日本時，他向成仿吾將此書要來作永久的紀念，並於八月翻譯這本書，用了四五十天的工夫就把它譯完了。書前寫著：「這本譯書獻給我的朋友成仿吾。」

許沒有注意到，就在這封信中，郭沫若也明確表示了對河上肇某些觀點的不贊同。而且，促使郭沫若改變人生之路其實是多種因素的合力，其中有直接的經濟原因，也有潛在的文化影響，甚至是幾種不同文化的比較參考。這封信中，郭沫若以三本書為切入點，具體詳盡地述說了這一看似簡單，實則非常複雜的轉變過程。

讓我們感到意外的是，這封信除了談對現實人生重大問題的思考之外，其間似乎是有意無意地，非常散漫卻又詳盡反覆地提到他生活的窮愁困頓：在日本，沒有分文的固定收入，而一家五口一個月卻要百圓以上，常常將家裏的東西當盡賣光。幸虧當鋪的老闆念著舊情，願意接受凡是可以典當東西，《歌德全集》只當了五圓，《社會組織與社會革命》的原本，剛譯完便拿去當了五角錢。因為交不上房租，終竟被房主人趕了出來。到一家旅館借宿，老闆以為他們是在大學打工的下人，態度冷落，充滿歧視。後來聽說是念書的大學生，才戲劇性地改變了態度。關於郭沫若在留日時生活的窘況，不僅是這封信，在郭沫若的自傳《學生時代》中也反覆提到他從福岡畢業回到上海，三個兒子相繼得病，國內醫藥費貴得驚人，這使郭沫若一家本來就忍饑挨餓的日子雪上加霜，有時窮到連坐電車的錢都沒有。送別朋友郁達夫時，達夫送給他幾個橘子，沫若竟因此既感動又心酸地流下眼淚。應該說，與朋友無話不談，包括生活瑣事，這是很自然的。仔細閱讀，會發現這些傾述正說明了一條真理，即一個人基本的生存境況，往往對他的人生選擇起著決定性作用。

可以想像，當年郭沫若如此窮愁潦倒的生活，與自己如此高遠的精神追求，形成極大的反差。他多麼嚮往像當年歌德那樣，在無衣食之憂情況下，潛心鑽研當時所感興趣的自然科學、特別是生理學，以冷靜求實的態度進行純粹理性的研究，以科學的成就書寫中華民族的嶄新篇章。正如信中所述，他多麼憧憬「甚麼人都得隨其性之所近以發展其才能，甚麼人都得以獻身於真理以圖有所貢獻，甚麼人都得以涅槃，這真是最理想的世界最完美的世界，」這樣的世界就是馬克思主義信仰的「各盡所能各取所需」的共產主義世界。只有在這樣的世界裏，「文藝上的偉大天才們得遂其自由完全的發展，那時的社會一切階級都沒有，一切生活的煩苦除去自然生理的之外都沒有了，那時人才能還其本來，文藝才能以純真的人性為其對象，這才有真正的純文藝出現」。但這樣的世界，這樣的理想，這樣的文藝只能是明天的文藝。當郭沫若

非常冷靜地將自身擁有的物質條件和當年歌德、拜倫等擁有的物質條件相比之後，從切身的體驗中，他直覺地感受到自己本來就是無產階級隊伍中一個成員，所以為馬克思主義信仰而奮鬥，為無產階級大眾的命運而呼號，實際上也是為改變自身的命運而奮鬥而呼號。如果說，許多早期的進步知識分子出於理性的思考，選擇了馬克思主義和中國共產黨。他們需要背叛自己出身的有產階級，因而這種選擇來得很艱難。如瞿秋白，曾經擔任了早期中國共產黨政治局委員，儘管是為無產階級革命而獻身，但是，在犧牲前夕，他仍然自省「我始終不能克服自己的紳士意識，我終究不能成為無產階級戰士」。〔註4〕而郭沫若對馬克思主義關於階級學說的接受，在當時簡直就是一種直覺和本能，一種想要迫切改變自身命運的需求，使他傾向於無產階級革命。因此，他的轉變就顯得非常自然和迅速。今天有些人很不理解，誤認為郭沫若是一個很會跟風轉向的勢利者，其實在今天我們看來很抽象的道理，如：無產階級只有解放全人類，才能解放無產階級自己，在當時的條件下，正是成為郭沫若義無反顧的選擇無產階級革命的基礎。這時，郭沫若心中的歌德已分裂為貴族階級的歌德和人類純真藝術創造者的歌德。作者拋棄了前者，而將後者深埋在夢幻世界裏。不僅是歌德，和他同類的如泰戈爾、托爾斯泰、拜倫等，都被視為貴族文學埋葬了。

郭沫若本身貧困的處境，使他自然轉向實際的社會革命。這時，成仿吾送給他的屠格涅夫的小說《新時代》成為他思想轉向催化劑。這是一本描寫俄國六十年代末、七十年代初民粹主義運動的長篇小說。民粹主義是俄國平民知識分子在探討俄國社會改革時形成的思想派別。他們響亮地打出知識分子到民間去的口號，主張到農民中去宣傳社會主義革命。民粹派後來在發展過程中形成激進派和漸進派兩種不同的主張。激進派是無政府主義的擁護者，他們主張立即發動農民暴動，用革命的恐怖手段，打破國家機器。而漸進派則認為，準備革命是一個由下到上的漸進過程，要長時間在民眾中做切實宣傳鼓動工作。

這部小說真實地再現了俄國社會當時錯綜複雜的矛盾鬥爭，一方面是民粹主義與俄國自由主義保守派之間的矛盾衝突。屠格涅夫堅定地站在民粹主義一邊，對那些把持著國家權力的高官厚爵進行辛辣的諷刺，對他們空談改

〔註4〕瞿秋白：《多餘的話》，引自黃清選編《中國名作家散文經典作品選》，中國言實出版社，2000年版，第1443頁。

革，實質是維護既得利益的醜惡面目進行了無情的揭露。另一方面，作者還深刻地展示了具有空想性質的民粹主義內部分歧。其中主人公涅日達諾夫雖然幻想到民間去，但是他多愁善感，喜怒無常，神經過敏，過分地注重自我感受，也不懂社會，不懂民眾。所以，他去民間的活動就成為了一出化妝舞會般的鬧劇。是一個典型的「哈姆雷特」似的書生。19世紀70年代民粹主義另一種類型是馬克羅夫，他直率衝動，急切地進行土地和經濟改革，他沒有考慮到農民實際上還處在粗野愚昧的狀態，先是農民拒絕他在莊園中的改革措施，後來又提出以暴力革命來改變現實。他發動農民抗稅抗捐，結果被反動當局逮捕。在這一過程中，涅日達諾夫怕別人說他膽小，在將信將疑中參加抗稅活動時也同時被搜捕。革命的失敗，使他失去生活信心，在怨天尤人中開槍自殺。他們所從事的事業好比用木犁在處女地上粗淺地犁過，留下了俄國社會革命的深深印記。屠洛涅夫主張的是書中另一主人公索洛明選擇自下而上的漸進改革之路。索洛明出身平民，他信心十足到民眾中去，從平凡的小事做起，腳踏實地宣傳啟蒙，最終達到拯救社會的目的。〔註5〕

這部書中涉及的俄國民粹主義運動到「民間去」的口號，正暗合著浮士德在不斷行動中實現自我價值的追求過程，也暗合著郭沫若此時此刻的心願。在翻譯此書的過程中，仔細研究書中的人物，他發現書中對俄國當時情形的描寫與中國現實有著驚人的相似。他還發現，自己作為知識分子的弱點與書中民粹派涅日達諾夫是那樣的相通，他從中深刻地反思民粹主義幾種改革的路向是否適合中國國情。他發現，列寧領導的十月革命在某種程度上，就是以「馬克羅夫」的方式，即激進的暴力革命獲得了成功，所以他客觀地指出作者對馬克羅夫的預言是錯誤的。經過比較後，郭沫若得出結論：「他使我們知道涅暑大諾夫的懷疑是無補於大局，馬克羅夫的躁進是只有失敗的可能，梭羅明的精明緩進，覺得日暮路遙，瑪麗亞娜的堅毅忍從，又覺得太無主見了，我們所當仿傚的是屠格涅甫所不會知道的『匿名的俄羅斯』，是人們現在已經明瞭的『列寧的俄羅斯』。」在給「孤軍派」人物何公敢的信中，郭沫若更是公開亮出了自己的政治選擇：

> 弟深信社會生活之向共產制度之進行，如百川之朝宗于海，這是必然的徑路。……我是相信在產業未進步，物質條件未具足的國

〔註5〕參見：普斯托沃依特：《屠格涅夫評傳》，韓凌譯，人民文學出版社，1983年版，第9頁。

度中以實現社會主義為目的之政治革命是愈早愈好的，俄羅斯是
一個絕好的例子。政治與經濟並不能同時解決，要在改革政治以改
革經濟為目的耳。……在我們現在是社會革命的宣傳期中，如何團
集勢力以攫取政權，也正是這個時期應有的事，中國智識階級應該
早早覺醒起來和體力勞動者們握手，不應該久陷在朦朧的春睡
裏！〔註6〕

　　正是基於這樣的認識，才有郭沫若投筆請纓，參加北伐革命的實際行動。
但是，他非常清醒的認識到，社會主義制度的形成和完善，的確又是一個漫
長漸進的過程，在致成仿吾的這封信中，他又指出：

社會主義的社會制度之實現終不能仰給於物質條件的完備，在
產業後進的國度裏，社會主義的政治革命即使成功，留在後面該走
的路仍然是梭羅明的道路，仍然要增進生產力以求富裕。

　　郭沫若從社會長遠目標的發展來肯定屠格涅夫《處女地》的價值，肯定
了書中梭羅明代表的漸進革命的深遠歷史意義。在全世界的社會主義革命都
還處在初級階段時，郭沫若以動態、進化的眼光來分析社會發展演進的階段，
強調在政治革命之後的經濟文化建設階段的重要性，實在是一種政治家的高
瞻遠矚。

　　我們知道，五四時期的郭沫若曾一度沉迷於德國文化與歌德的精神中，
這在《三葉集》中與宗白華和田漢的通信中可見一斑。可時隔兩三年，為什
麼郭沫若突然放棄了浪漫主義、或者表現主義、還有其他各種主義，卻偏偏
鍾情於無產階級文學了呢？而且乾脆就放棄了做一個純粹的文人，而有志於
實際的革命鬥爭了呢？許多學者論及這點時，常常將此信中談及翻譯河上肇
的《社會組織和革命》而引發郭沫若的精神轉向作為依據。似乎郭沫若全然
拋棄了歌德，事實上歌德及他的思想精神已化為昨日的文藝與將來的文藝之
象徵，保留在郭沫若的意識深處了。這時郭沫若心中的歌德已分裂為貴族階
級的歌德和人類純真藝術創造者的歌德。作者遺憾的是前者，而留戀的是後
者。做歌德似的文學家，其實是郭沫若心中永遠的一個夢，一有機會，就會
付諸實行。據成仿吾回憶，「大革命失敗後，郭沫若從香港給我寫了一封信，

〔註6〕郭沫若致何公敢的信出自郭沫若《社會革命的時機》，原載《洪水半月刊》1926
　　　年2月5日，第1卷第10、11期合刊。該文收入《水平線下》（載《沫若文
　　　集》第10卷）時，改題為《向自由王國飛躍》。

這封信寫在一個很簡單紙片上，署名是 R、E。這兩個字是革命、文學的縮寫。這封信的簡單意思是，郭沫若主張應從革命回到文學的時代，當時他對革命有些悲觀情緒。我寫了一封回信給他，不同意他的看法，批評他的主張是錯誤的。」〔註7〕成仿吾這一說法，從郭沫若這封信中也可以尋出其思想發生變化的蛛絲馬蹟。

　　1927 年以後，雖然郭沫若拿起了槍桿子，參加了北伐革命。但從根本上他從來沒有放棄過對「明日文藝」的憧憬。事實上，從事革命鬥爭和做學問追求科學真理，對郭沫若而言，不過是一而二、二而一的事，它是生命的不同形態，就像浮士德人生追求中的不同階段而已。只要一有機會，郭沫若就會緊緊抓住歌德，就在流亡日本之前，郭沫若居然在短短十天之內，就將擱置十年之後浮士德第一部殘稿整理成文。當他回憶此事時，頗為愉快地說：「譯文相當滿意，而且把十年中的經驗和心境含孕在裏面，使譯文成長起來。可見延擱的十年，也並不是空費。」〔註8〕流亡日本後，一方面固然是日本警方的嚴密監視和控制，另一方面，這一時機卻正暗合著郭沫若意識深處想做學問的願望。果然他一坐十年，成就為蜚身海外的古文字學家和歷史家。1935年，他在給《致〈威廉·邁達斯〉譯者》的信中，還非常動情地評價歌德，說「特別是他的生活，他的一貫努力的生活，那始終是我們的不磨的模範。……他對於自己沒有一刻滿足的時候，這是他努力的發動力。以他那樣的生活環境，而能夠有那樣的造就，尤其是可以佩服。」〔註9〕直到 1947 年，仍堅持不懈譯完浮士德第二部。所以說，郭沫若不僅沒有拋棄歌德。歌德筆下的浮士德永不停息、不斷創造的精神，已經化為郭沫若身上流淌的血液，成為他一生追求的最高境界。

〔註7〕轉引自宋彬玉：《郭沫若和成仿吾》，《郭沫若研究會會刊》，1982 年，第 28 頁。
〔註8〕郭沫若：《跨著東海·革命春秋》，人民文學出版社，1979 年版，第 287 頁。
〔註9〕郭沫若：《致〈威廉·邁達斯〉譯者》，引自黃淳浩編：《郭沫若書信集》（上），
　　　　中國社會科學出版社，1992 年版，第 419～420 頁。

郭沫若與國家主義的論戰及政治轉向

　　1924 年郭沫若在《洪水》刊物上與國家主義的論戰是他政治態度明朗化的標誌性事件。這一場論戰，肇端於以留日學生為主的孤軍派關於中國經濟走向的大討論，郭沫若參與其中，並醞釀成其後與國家主義派的論戰。郭沫若與國家主義者的交往，繼而產生分裂乃至決裂的過程，正是郭沫若摸索中華民族的發展道路，逐步轉向馬克思主義和中國社會主義革命的政治選擇過程。郭沫若的政治轉向，與一批留日同鄉同學的關係變化，以及與共產黨人蔣光慈、瞿秋白等人的相識和相交，有著非常重要的聯繫。

　　郭沫若在《學生時代》《創造十年續編》等自傳中，多次提到與國家主義者曾琦的關係。由於敘述的興奮點主要在政治分歧，他們之間很多實際交往過程和情景就被過濾掉了。實際上他們之間一開始並不全是分歧和對立，只是後來政治選擇的不同，才分道揚鑣的。

　　曾琦與郭沫若既是四川同鄉，又都畢業於成都府中學堂，後來又同為留日學生。他們的中學時代，正處在中國社會的激變時期。他們在成都親眼目睹了四川保路同志會的興起和失敗，共同見證了以蒲殿俊為代表的憲政革命的流產。他們的中學校長劉士志即是著名的理學名儒，又是排滿先鋒，其中的教師楊庶堪、劉咸榮、徐子休皆是如此。這一批進步教師成為當年學生們共同效法的對象。曾琦在中學時尤其活躍，當時就「密與楊庶堪等人從事排滿活動，執筆於成都商報、商會公報、四川公報等，宣傳愛國主張。此後又赴重慶，參加熊克武、楊庶堪討袁運動」〔註1〕曾琦後來又與中學同學王光祈、

〔註1〕程滄波，《發揮曾慕韓先生的精神影響力》，《曾慕韓先生逝世三週年紀念特刊》，臺灣：中國青年黨中央黨部，1981 第 6 頁。

周太玄、魏時珍、李劼人創立了少年中國學會，成為二十世紀初中國政治、文化舞臺上的風雲人物。郭沫若與曾琦的正式的交往並不在中學階段。中學時期他們僅僅見過一面，甚至招呼也沒有打，他們的關係真正密切的時間是在日本。當年鄭伯奇與郭沫若相識，並加入創造社，就與曾琦的極力推薦有很大關係。鄭伯奇曾提到：

> 曾慕韓（曾琦）、左舜生、李幼椿、黃仲蘇諸兄都是自己在上海震旦讀書的舊同學。我們都討厭教會學校的那種惡劣空氣，又看不上上海同學的那種浮薄態度，便自然而然地形成一個小集團……。慕韓和我在東京郊千馱谷同住過一個時期。他常常對我提起他的舊同學郭開貞怎樣聰明好學，而可惜無法與我介紹。因為他遠在岡山的六高讀書，我也覺得非常遺憾。有一次他給他寄了一本德文的斯賓諾莎的《埃迪加》，他很得意地說，這位朋友只學兩年德文，已經能夠讀這樣艱深的書了，這更提高了我結交的願望。……我將這段經緯說明了以後，壽昌自告奮勇，願為我們居間介紹，這使自己感到意外的高興〔註2〕

大概是 1917 年在日本房州，郭沫若與曾琦還同在海邊洗過海水澡。在這裡，曾琦詩興大發，曾賦詩多首，抒發愛國憂憤之情，其中一首《丙辰七月避署日本房州那古町海邊游泳感賦》：

> 風詠吾家事，滄浪此濯纓。
> 魚龍爭逞異；鷗鷺若為情。
> 落日爭濤吼；濃煙鐵艦橫。
> 賞心還怵目；歸去莫談瀛。

曾琦在詩中抒發其要幹一番事業的雄偉志向，很快就轉為實際的行動。緊接著，曾琦就有了組織學生救國會歸國示威的壯舉。在日本的組織活動中，還有郭沫若的另一位中學同學漆南薰的身影。據曾琦日記記載：

> （1918 年）五月十九日，午後偕貴州胡天鵬同鄉漆樹芬及夢九三人，乘火車赴千葉訪專門醫學諸人，勸同罷課回國，蓋京內外各校皆已罷課，近日歸國者已有千人，惟該校獨持異議，幫往勸說，

〔註2〕鄭伯奇：《二十年代的一面》，曾健戎編：《郭沫若在重慶》，青海人民出版社，1982 年版，第 482 頁。

免使外人笑我國民行動不一致也」。〔註3〕

曾琦日記中還不斷提到四川同鄉會在此中的作用，由此可以看出曾琦等人發起這一團體活動以及後來成立少年中國學會的過程中，同鄉及同學間的人際交往的黏合作用。

1924年9月5日，曾琦從法國留學返上海後，10月份即受聘大夏大學，任政治課講師。這時曾琦已是中國青年黨的首席負責人。郭沫若於該年結束留學生涯返回上海後，礙於情面，於1925年4月也接受了大夏大學的聘任，教授文學概論課，每週2課時。其後他們又共同受聘於學藝大學，曾琦任國文課教師，郭沫若任文科主任。在這所大學應聘的教員大都是四川人。曾琦非常注意利用大學陣地，宣傳中國青年黨的主張，大夏大學和學藝大學成為國家主義派和青年黨的輿論重鎮。曾琦日記記載，他們在雙十節紀念日這一天，在此上課時，曾與青年黨同志作過《中國革命與法國革命之比較》政治演講。〔註4〕並在大學生中發展黨員。曾琦儼然成為一部分青年的崇拜對象。對此郭沫若很反感，但仍然還維繫著個人關係。五卅事件後，為聲援愛國群眾，郭沫若又與同學漆南薰、曾琦等籌組四川旅滬學界同志會，郭沫若草擬了《四川旅滬會學界同志會五卅案宣言》，因這份宣言的左傾色彩，郭沫若與曾琦的分歧進一步加深。

與國家主義者交往更多的，不僅僅是曾琦，還有陳慎候、何公敢等一批孤軍派人物。這又還須提到當時在京都大學文科部讀書的鄭伯奇。1921年6月初，郭沫若專為籌建創造社一事，由上海返回日本，他在福岡家中僅住一天就往京都，會晤的第一位同人便是神交已久的鄭伯奇。在相處的幾天裏，鄭伯奇陪同郭沫若，走訪了時居京都的李閃亭、穆木天等幾位留學生。郭沫若的京都之行，開始了他與孤軍派人物的諸多接觸。1921年，六高同學李閃亭（後來在京大經濟學科，受教於河上肇先生）就曾介紹他去讀河上肇的《社會問題及研究》雜誌，但那時沒有特別動心。〔註5〕由於孤軍派諸多成員是東京帝大經濟學科的學生，其中好些直接受教於日本著名學者河上肇，受其影響，對於資本主義或社會主義是否適用於中國國情，進行了大討論。在《孤

〔註3〕曾慕韓，《日記》，《曾慕韓先生遺著》，臺灣：曾慕韓先生遺著編輯委員會，1954年，第388頁。

〔註4〕曾琦：《日記》，《曾慕韓先生遺著》，臺灣，1954年12月2日，第473～474頁。

〔註5〕郭沫若：《學生時代·創造十年》，人民文學出版社，1979年版，第95～96頁。

軍》雜誌從第 2 卷 1 期（1923 年 12 月）開始到終刊號（1925 年 11 月）共 15 期，連續闢專欄《經濟政策討論》。該專欄中關於中國經濟模式及發展路向的論爭，被日本學者認為是把馬克思主義的認識深化到了探索研究如何把馬克思主義運用於中國社會現狀的階段。〔註6〕在這場大討論中，河上肇的社會主義經濟理論成為論爭中重要參考。由於醒獅派和孤軍派大都是郭沫若的同學，郭沫若與其有過密切交往，又因幫助過孤軍雜誌在泰東書局的刊行，因此郭沫若與一開始被人誤認為「郭沫若、曾琦那一批國家主義者」。孤軍派那一場關於經濟問題的大討論，郭沫若也列過幾次席。但由於不是經濟學專業，所以每次都是旁聽，並沒發言。〔註7〕但這並不表示他對討論的話題不感興趣。1924 年他再次去日本時，郭沫若對河上肇的經濟理論著作特別留意起來。「當他得到一部總集後，讀完則得出一個不十分滿意的結論，去徵求成仿吾的意見，成仿吾是不十分贊成譯出的，但是他終於譯出來了。」〔註8〕

但是，郭沫若絕不是人云亦云的人，在翻譯《社會組織與革命》的過程中。他一方面高度認同河上肇的馬克思主義經濟學理論，一方面結合中國社會的現狀，提出了對河上肇理論的批評。並且寫信與河上肇討論，河上肇在回信中承認了自己的理論侷限。同時，他對孤軍派的國家主義理論也開始反思，進而批評，進而論戰，在論戰中他與國家主義派徹底決裂，走進了共產主義陣營，建立了政治信仰。

最早的論敵，是孤軍派的重要人物林騤，表字植夫，號靈光。他當時留學東京農大，也研究河上肇的經濟理論。郭沫若翻譯《社會組織與革命》所依據的譯本就是由他提供的。而論爭起因，是因在《創造週報》刊載林靈光的第五信而起。此前，林靈光在創造週報上連續發表了《致中國青年》的四封信。〔註9〕當他又寄出第五封信的稿件時，被退稿。林靈光認為：

郭沫若在辦創造週報，要我寫稿，我寫了五封「致中國青年」

〔註6〕三田剛史：《留日中國學生論馬列革命——河上肇的中國學生與〈孤軍〉雜誌》，徐州師範大學學報，2005 年第 5 期。

〔註7〕郭沫若：《學生時代‧創造十年》，人民文學出版社，1979 年版，第 130、250 頁。

〔註8〕朱受群：《郭沫若與河上肇及其〈社會組織與革命〉》，江西師範大學學報，1980 年第 2 期。

〔註9〕以林植夫之名《致中國青年》的 4 封信分別發表於《創造週報》1923 年 5 月 27 日第 3 號；1923 年 6 月 16 日第 6 號；1923 年 5 月 13 日第八號；1923 年 7 月 14 日第 10 號。

的信，第五封主張革命十分激烈，他不敢發表，我遂看他不起，認
為他只是風頭主義者，不是真正的革命者，後來並公開批評他，因
此同他的關係一直弄不好。〔註10〕

　　而郭沫若解釋之所以沒有繼續刊載靈光先生的信是「因為後來論到了要
求恢復約法，要求裁兵的濫調上來，我們實在沒法顧情面，把稿子退還給了
他；他便在《孤軍》雜誌上寫出文章來罵了我一頓」。〔註11〕郭沫若在後來的
一篇以對話體短文《無抵抗主義者》中，詳細記載了他們的分歧所在，郭沫
若認為靈光在信中所主張的「革命」，實質是要求「裁軍」，而要革命，正是要
用著兵力。因為不同意靈光的觀點，靈光便罵郭沫若是出風頭的人。

　　關於國家主義論戰的先聲，是由林靈光在《孤軍》雜誌上一篇文章引起。
〔註12〕這篇文章否認中國有資產階級和無產階級之分，認為中國國情與俄國
大有不同，沒有效法的必要。文章甚至批評中國共產黨缺乏獨立自主精神，
拿莫斯科的錢，做莫斯科的走狗。郭沫若隨即在《洪水》半月刊第 1 卷第 4 號
上（1925、11、1）發表《窮漢的窮談》一文，針對靈光的文章中「共產黨利
用共產之美名，以惑一般無十分辨別力的青年與十分不得志的窮漢」進行反
駁。郭沫若在文章中首先理直氣壯地闡明了共產主義革命與「窮漢」的關係，
批駁了對共產主義的簡單理解。文章末了又狠狠地對「共產黨拿莫斯科的錢」
的謬論幽了一默。

　　這場論戰中郭沫若的立場和態度，引起了共產黨人蔣光慈、瞿秋白等的
高度重視。當時的共產黨員作家蔣光赤（慈）馬上以公開信的方式，予以支
持。信中一開始就傳遞出強烈的政治取向：

　　　　在現代的文學界中，我對於你表示相當的敬意。這並不是因為
　　你出風頭，你是大文豪，而是因為在你的作品中，我還可以找著點
　　反抗的精神，偉大的氣魄，及真正羅曼諦克所應有的心靈。至於小
　　白臉兒式的徐志摩，……以及其他一些×式的……或者受一般人們

〔註10〕林植夫：《林植夫自述》，《福建文史資料》第 19 輯，福建省政協文史資料編
　　　　輯室，1988 年，第 12 頁。
〔註11〕郭沫若：《學生時代‧創造十年續編》，人民文學出版社，1979 年版，第 245
　　　　頁。
〔註12〕由於這篇文章沒有提及靈光文章的具體出處，根據郭沫若在反駁中所引靈
　　　　光文章的論點，查林靈光在《孤軍》雜誌上發表的文章，似與第 2 卷 12 期
　　　　（1925 年 6 月）上發表的《評論共產主義的誤謬並論中國經濟政策》很有
　　　　關聯。

的喝采，但是我，說一句老實話，總沒放在眼裏。這也並不是因為
他們的作品完全不好，而是因為我與他們是兩路人。

去年我初從國外回到上海時，就想找你談談，可是我有一種
怪皮（脾）氣，不愛去拜訪不相識的人。這並不是因為拿駕（架）
子，而是因為我恐怕遭人的白眼：分明是好意去拜訪他，但對方
反以為是拍馬屁，拿起架子來了，——這件事情倒是我不願意忍
受的。也就因為這個原（緣）故，致使我想找你多少次，而終末
找過一次。今天到民智書局買了一本《洪水》，見上面有你一篇文
章《窮漢的窮談》，我覺著這個題目很新鮮，於是未出該書店的門
口，就坐著一股氣讀了。我讀了之後，發生一種不可言喻的快感：
由此我更相信你是我們所需要的作家；你的見解與眾不同；你深
明了（瞭）社會的真象：你向窮漢們——我也是其中一個——表
示很深切的同情。〔註13〕

這裡很明確地看到蔣光慈是從政治的角度，引郭沫若為同志而表示敬意
的。從這封信中還可得知，在此之前，他們還未曾謀面。但是蔣光慈對郭沫
若的關注並不始自於此，1925年伊始，蔣光慈在《現代中國社會和革命文學》
一文中就曾高度評價郭沫若詩歌的革命性，認為：

在中國的文學史上有一部《女神》，在現代中國文學界裏有一個
郭沫若，這總算令我們差堪自慰了。倘若現在我們找不出別一個偉
大的，反抗的，革命的文學家來，那我們就不得不說郭沫若是在中
國唯一的詩人了。〔註14〕

顯然，蔣光慈作為共產黨員作家，完全是從政治和階級的角度對郭沫若
詩歌予以高度評價。有了這樣的前奏，在這場論戰中，蔣光慈發出那封公開
信，就是順理成章的事。是否就因為這封信，郭沫若與郁達夫首先拜訪了蔣
光慈？總之後來蔣光慈參加了創造社，並在創造月刊發表長篇論文，而且與
郭沫若來往密切。正因為有了蔣光慈牽線搭橋，後來才有了郭沫若與瞿秋白
的第一次見面（蔣光慈陪同）。據楊之華回憶，在1925年～1927年間，瞿秋

〔註13〕蔣光慈：《讀了〈窮漢的窮談〉之閒話——致郭沫若先生的一封信》，《猛進》
（週刊）第47期1926年1月29日，引自《中國現代文藝資料叢刊》第八
輯，上海文藝出版社，1984年版。

〔註14〕光赤：《現代中國社會與革命文學》，《民國日報副刊‧覺悟》，1925年1月1
日。

白有很多對創造社工作的指導都是通過蔣光慈傳達的。〔註15〕

　　與靈光的論戰並沒有就此完結，緊接著，靈光發表了《獨立黨出現的要求》，這篇文章涉及到以曾琦為首的中國青年黨成立的契機：1923 年 5 月 5 日，北洋軍隊孫美瑤部在山東滕縣搶劫津浦路火車上中外遊客數百人，釀成「臨城劫車案」，引發國際輿論的極大不滿，帝國主義叫囂，提出「共管」中國。曾琦等人抓住列強提出的「共管」說，利用該黨的喉舌，將此與共產主義理論強扯在一起進行攻擊。靈光的文章正是在這樣的背景下發表的。郭沫若抓住靈光文章中，將「共產」與「共管」兩個沒有必然關係的概念強拉在一起的邏輯漏洞予以反擊。並且旗幟鮮明地提出要對付列強的經濟侵略，應該走「國家資本主義」（共產革命）道路。

　　正是在這場論戰中，郭沫若與另一位留日同鄉中學同學漆南薰的關係再一次密切起來。漆南薰原名樹菜（後多用「樹芬」），1892 年生於四川江津縣李市鄉。其經歷與郭沫若極為相似：同時出生於 1892 年，於 1912 年與郭沫若同時隨成都分設中學丙、丁班學生併入成都府中學堂，於 1913 年 12 月畢業於成都聯合中學新丁班（第 11 班）。漆南薰於 1915 年赴日本留學，特別是初到日本在東京讀預科期間，與郭沫若更是來往密切。後來漆南薰考入京都帝國大學經濟部，受教於著名經濟學家河上肇，從大學三年級起，即潛心收集了大量有關帝國主義對中國進行經濟侵略的資料，通過分析研究，選寫了《資本帝國主義與中國》的畢業論文，深受導師河上肇的贊許。

　　漆南薰此後於 1924 年出版的《經濟侵略下之中國》正是脫胎於這篇畢業論文。此書可以看成是對中國經濟現狀和經濟發展道路的系統性思考和論述。1924 年，郭沫若和漆南薰兩人都已歸國，漆南薰在上海法政大學任教。住在離郭沫若住所不遠的霞飛路。兩人住地相隔不遠，來往又密切起來，郭沫若為之作「序」正是在這一段時間。儘管從個人好惡的角度，郭沫若並不一定非常喜歡漆南薰。但由於政治見解的高度契合，他得到郭沫若的高度讚賞。《經濟侵略下之中國》於 1925 年 10 月初版，此書由吳稚輝、郭沫若等 4 人同時作序，不到一個月既售罄，到 1929 年 6 月，已刊行第六版。該書的出版，成為孤軍派關於中國經濟問題論爭中一顆重磅炸彈，由於其中的許多見解與郭沫若的政治觀點不謀而合，因此漆南薰成為郭沫若敬佩並引為知己的為數不多者之一。此書剛一出版，《洪水》第 1 卷第 3 號便專門介紹了《經濟侵略

〔註15〕楊德俊：《蔣光慈傳》，安徽人民出版社，1979 年版，第 179 頁。

下之中國》：

> 本書一名《帝國主義鐵蹄下的中國》，為著者數年之苦心的著作，
> 參考書籍至七十餘部，引用貴重材料有數十種，剛剛在這「五卅潮」
> 民氣磅礴中出版，真算是對於時勢最可貴重最有關係之文字了。
>
> ……
>
> 〔本書價值〕吳稚暉先生序首云：近三十年關於新思潮之名著
> 譯述者或著作者種類亦不少，然凡一編到手讀之忘寢食，一起讀下
> 欲罷不能者，在吾經驗中：第一部則為嚴又陵先生之群學肄言。過
> 十數年又有胡適之先生之中國哲學史大綱。至今又過八九年而漆樹
> 芬先生之經濟侵略下之中國，又迫我窮兩日夜一起讀下欲罷不能。

為加強與國家主義論戰的說服力，郭沫若特地約請漆南薰、蔣光慈著文。
於是漆南薰在《洪水》上發表《赤化與軍隊》《共產問題的我見》兩篇文章，
予以聲援。後來郭沫若南下去廣州，在廣東大學任文科院長，又寫信邀請漆
南薰來廣州作經濟學教授，他婉言謝絕了。漆南薰在寫給漆琪生信中，說明
不願去廣州的原因是：「一則上海是工業大城市，此地的工人，學生最集中，
對他們的宣傳教育工作很重要。再則，法政校長徐謙是左派，可以對他進行
爭取工作，如果都集中到廣東，留下上海不管，不是道理」。〔註16〕後來南薰
又回到重慶，這時郭沫若再次來信相邀，並寄來正式聘書，但漆南薰仍然婉
拒了，在給漆琪生另一信中，他解釋，「四川是反動軍閥的根據地，把這裡的
工作做好了，可以和廣東西南相呼應，很有意義。」漆南薰到四川，是因為
《新蜀報》主筆蕭楚女因在四川的革命活動暴露而離任，《新蜀報》電聘漆南
薰繼任主筆。漆南薰回重慶之後，還應吳玉章的邀請，到重慶中法大學任教，
後來任國民黨重慶市黨部（左派）執委會常務委員，與共產黨親密合作，並
肩戰鬥。他同中共重慶地委負責人楊闇公、劉伯承、吳玉章、冉鈞等保持著
密切聯繫。四川本是國家主義派及後來的青年黨的根據地。漆南薰和重慶的
共產黨員一起，對此進行了堅決鬥爭。不幸的是，漆南薰於 1927 年在重慶三
三一慘案中被反動軍閥殘酷殺害。

今天回頭來看郭沫若與國家主義派的這場論戰，與共產黨人對中國青年
黨的鬥爭是完全融為一體的。針對中國青年黨及其喉舌《醒獅週報》的大量

〔註16〕漆南薰給郭沫若的兩封信見：漆澤邦（遺作）：《記四公漆南薰》，轉引自
　　　　http://xbuxiao.blog.163.com/blog/static。

國家主義言論，瞿秋白、蕭楚女等共產黨的理論精英紛紛著文批判駁斥。瞿秋白連續撰文批駁國家主義言論，以《國民革命運動中階級分化——國民黨右派與國家主義派的分析》《國民會議與五卅運動》《五卅案重查的結果與國民革命的組合戰線》《帝國主義之五卅屠殺與中國民革命》《五卅反帝國主義聯合戰線的前途》等文章，針對國家主義對中國共產黨與蘇俄關係及國共合作方面的攻擊，闡述了中國共產黨的基本立場與觀點。四川是國家主義和青年黨的大本營，蕭楚女在重慶擔任《新蜀報》主筆期間，從理論和實踐兩方面與國家主義展開鬥爭。據不完全統計，1925 年到期 926 年，中國共產主義青年團機關刊物《中國青年》有 33 期共 45 篇批判國家主義的文章。其中有蕭楚女的《顯微鏡下的醒獅派》，惲代英的《評醒獅派》《答醒獅派週報 32 期的質難》《嗚呼——醒獅的下流》等。〔註 17〕中共在 1925 年與國家主義論戰的過程中，瞿秋白、蕭楚女、惲代英等起到了重要作用。

　　郭沫若與漆南薰、蔣光赤等人在《洪水》週刊上與國家主義的論戰絕不是孤立的個人行為，而是當時並立的三大政黨對中國往何處去的大論爭，大鬥爭。正是在這一場論戰中，郭沫若與政治結下不解之緣，也與中國共產黨和中國革命的命運聯在了一起。

〔註17〕李玉琦：《中國共青團團史簡編》，中國青年出版社，1997 年版，第 29 頁。

郭沫若歸國事件
和奠父儀式的國家意義

　　1937 年，抗日戰爭在中國全面爆發，這是中國歷史上一個巨大的轉折點，也是郭沫若人生歷程的重大轉折。這一年，郭沫若從十年書齋的沈寂中走出，拋妻別子，回到中國。這一舉動作為中國知識分子在民族危難中的政治表態，成為當時影響巨大的政治事件。從郭沫若《歸國雜吟》等悲壯的詩篇中，我們讀到了捨家赴難，精忠報國的民族正氣。但是，當抗日戰爭烽火煙消雲散之後，這一事件卻成為人們評價郭沫若的巨大分歧之一。拋妻別子作為他個人道德上的污點，不斷受到人們的指責。日本學者對此也充滿了疑惑和不解。郭沫若研究專家岩佐昌暲先生從本民族的角度，談到他們對郭沫若極其矛盾的心態：一方面因為本身具有的道德「潔癖」和民族情感，不能原諒郭沫若對日本妻子安娜的拋棄，另一方面，又認為：

> 他的足跡中有很多地方是值得我們日本人借鑒的。在眾多的中
> 國的文學家中，旅居日本時間為他最長，並且還娶了日本夫人，但
> 他卻始終站在日本的對立面與日對抗。〔註1〕

　　對郭沫若個人而言，如果說過去人生中堅決果斷的抉擇都是基於感性和理性的統一，如投筆從戎，參加北伐革命，如脫離蔣介石的控制，參加南昌起義等。而這一次拋妻別子，歸國抗戰的人生選擇卻充滿了內心痛苦和磨難，甚至是他一生的隱痛。因此，回溯郭沫若是如何走過這一艱難的心靈

〔註1〕岩佐昌暲：關於《日本郭沫若研究會》，《郭沫若學刊》，2005 年，第 3 期。

之旅，之後又靠什麼獲得心靈的暫時解脫而義無反顧地投身抗戰，就是非常必要的。

抗戰時期，中華民族的生存成為壓倒一切的至高利益，國家權力意志需要有一套話語系統來統一國民的思想，使其產生向心力。而最有利於抗戰宣傳的話語系統由誰來表述更為有效，是國家當權者必須要考慮的問題。抗戰全面爆發前夕，蔣介石在廬山頻頻邀請社會各界精英共商國事，以定國是，當時好些著名的大學校長及知名教授都在邀請之列。廬山聚會可以看作一次權力與社會精英話語的共謀事件，最終國家權力機構與社會各階層達成了抗戰共識。這一段時間張群、邵力子、錢大鈞、陳布雷等人出於各自不同的目的，都向蔣介石進言，提出請郭沫若回國的問題，蔣介石點頭同意讓郭沫若回國做些工作。郭沫若作為代表國家意志操作抗戰宣傳話語權的代表性人物，被國民政府高層集體推舉出來，成為被「國家」看中的最佳人選，應該是社會各方對話共商的結果。因此，才有了國民政府的情報機構通過駐日本大使館對郭沫若歸國的周密策劃運作，加上郁達夫、金祖同等文化人士協同努力的「郭沫若歸國事件」。在這一事件中，歸國抗戰並不只是郭沫若的一廂情願，在某種程度上也可以看作是時代的選擇，而必須由他來承擔的歷史「宿命」。幫助郭沫若出逃的當事人殷塵（金祖同）在後來的《郭沫若歸國秘記》中，詳細地敘述了郭沫若回國來龍去脈。作為當事人講述的一個真實「故事」，作者在對郭沫若近距離的接觸和觀察中，以帶有強烈情感色彩的筆觸，再現了許多不可忽視的生動細節。比如歸國前郭沫若一再猶豫，心情處於極端的焦慮和煩躁中。殷塵直覺地感受到：

> 這次蘆溝橋的炮聲燃起了全民族鬥爭的火炬，正是他恢復十年的革命精神，再獻身到大時代的洪流去的時候。而他反而有些自怯了，許多神經質的，矛盾的心理織成了莫名其妙的悲哀與恐懼使他自怯，打不起過去勇往直前的血氣來。〔註2〕

這多重矛盾之中，首先是家庭問題的處理。在當時情形之下，要「歸國」，必然妻離子散。郭沫若在後來的《家祭文》中解釋其原因是：「蓋貞之亡命居東也，身受監視。敵之緹騎四布，偶一不慎，即有縲紲生命之虞，離去時斷難挈家而同返。」既然不能帶走全家，在逃離日本之前，自己的行動對安娜是

〔註2〕殷塵：《郭沫若歸國秘記》，四川社會科學院文學研究所抗戰文藝研究室編，1984年，第100～101頁。

和盤托出，還是旁敲側擊的暗示；不辭而別後，安娜母子的安危和生活是否有保障；更重要的是，作為十年前被國民黨蔣介石通緝的逃亡者，回國後，等待他的是什麼樣的命運；在抗戰中他該扮演一種什麼樣的角色，這一切都難以預料。出走前夕，他曾對作者說：

> 雖是去志已經決定了，不過我還有些畏怯，因為今後我的出路，仍就是毫無把握的。中央政府是否有抗日的意思，到了現在還不見確實聲明過，民眾運動至今還沒有完全解放，而民眾的意識似乎也很消沉，到現在我還沒有在報上看見上海和各地的民眾有什麼積極的運動，所以這次回去，政府能不能容我，果然是一個問題，不過我已經把生死置之度外，倒也不怕它什麼，只怕民眾們的心仍很麻木，那麼我回去還有什麼意思呢。而且此外還有兩重危險，也是不能不防的！因為我的地位介於政府和民眾之間，傾向政府，群眾就會罵我是投降了。傾向群眾，政府就可立刻加我的罪名。所以一到了自己的國境，這些事未免感到棘手。〔註3〕

郭沫若很清楚的知道，當局之所以希望他回去，除了他在五四時期文壇的地位和感召力，具有眾望所歸的群眾基礎；還有在北伐時期顯露出的社會宣傳組織才幹；居留日本時期在歷史、考古方面的學術成就；日本政界要人西山寺公望對他的欣賞等。在國共合作的政治局面之下，他是兩黨都可能認可接受的文化人。另外由於他有在日本生活二十年的經歷，對日本的文化界及國民情況相當瞭解。他對日本的瞭解和日本人對他的瞭解，這些都成為當時的國民政府藉重於他，有的放矢作抗日宣傳的有利條件。

但對郭沫若個人而言，卻是一次在家、國之間非常艱難，甚至是殘忍的選擇。因為郭沫若在日本前後生活了二十年，其間又在此結婚育子，與日本妻子相濡以沫，同甘共苦。可以說，日本在某種程度是他的第二故鄉。這從他早期的家書、詩詞對日本風俗民情的描寫、對博多灣景色的描寫中可以看出。但郭沫若在日本又更深切地體會到弱國子民的恥辱，「國」格的不平等，因此他對日本有著非常複雜的情感。抗日戰爭的爆發，使他在日本的小家與故國的大「家」產生了很大的錯位。他要服從民族情感，就必須克制自我的真實情感。拋妻回國，在當時中日兩國交戰的情形下，這無疑就是以大義滅親的姿態伸張民族情感，是精忠報國的現身說法。但從傳統的天理良心衡量，

〔註3〕殷塵：《郭沫若歸國秘記》，第116～117頁。

拋棄妻兒，畢竟又是破壞中國傳統綱紀倫常規範、違背家庭倫理的殘忍之舉。還有，作為十年前被蔣介石通緝的逃犯，他是否能得到國民政府信任重用，抗日運動有沒有群眾基礎等，都是他焦慮的問題。

這時候的郭沫若，還面臨著自我身份的兩難和尷尬。客觀上，郭沫若希望能在政府和大眾之間保持必要的張力，找到一個對接點，既能保持知識分子獨立的話語權，又能以實際介入政治的方式匡濟救世。但他又非常敏銳的意識到這兩者之間的難以調和。在時代環境的劇烈變故下，他必須進行文化身份的再選擇和確認，而任何一種選擇都面臨著得與失的反覆權衡，這無疑使他產生極大的矛盾痛苦。

直到回到祖國的懷抱，置身於全民抗戰的滾滾洪流中，郭沫若出於對民族道義的自覺擔當，不可能再有其他選擇。他在《逢場作戲》這篇雜文中透露了埋葬「自我」的決心。對「逢場作戲」進行了新的價值判斷：「『逢場作戲』作為今天的一種人生態度，可以『解為嚴肅的獻身，是純粹地滅卻自己以完成一個客觀的美的世界』」。〔註4〕他宣告，從今以後，他將把有限的個體生命投入到無限的民族生命裏去。

一旦決心下定，郭沫若不再徬徨，他沉積了十年之後的情感能量再次形成驚雷爆發之勢，加上極善於宣傳鼓動的個人氣質，郭沫若進行組織宣傳的獨特優勢和卓越才幹充分顯示出來。據很多當事人回憶，郭沫若的演講通過他的表情、語調、動作手勢配合在一起，極具煽動性。比如郭沫若省親回樂山期間，曾在樂山女子中學進行一次公開演講，一位學生曾回憶當時演講的情況：

> 郭老慷慨激昂的態度，尖銳的詞語所表達出來的愛國熱情和抗戰到底的決心，我是理解了並深受感動的。我記得他在演講中間，曾從口袋裏拿出一支小槍，把槍揮動著，大聲疾呼要我們熱愛祖國、堅持抗戰到底。〔註5〕

僅以郭沫若在武漢組織的抗日宣傳活動為例，在此十個月期間，郭沫若有公開大型演講二十次，為各報刊、各團體題詞十七幅，並非常成功組織了

〔註4〕郭沫若：《逢場作戲》，《沫若文集》第 11 卷，人民文學出版社，1959 年版，第 237 頁。

〔註5〕楊銘慶：《郭老二三事》，《抗戰時期的郭沫若論文集》，四川省社會科學院出版社，1985 年，第 337 頁。

聲勢浩大、影響深遠的「擴大宣傳周」、「七七紀念周」抗戰宣傳活動。他帶頭走在火炬遊行隊伍的前列，指揮震撼人心的萬人大合唱。在他的策劃宣傳下，武漢出現全民募捐的獻金狂潮，極大的鼓舞了全民的抗戰士氣。對日宣傳和國際宣傳方面也取得了相當的成績。在抗日宣傳活動中，他的策劃組織能力，宣傳鼓動能力，充分顯示出他作為一個社會活動家的傑出才幹。這更加強了蔣介石政權要藉重他指揮全國抗日宣傳活動的決心。

董炳月在評論郭沫若歸國事件時認為：

> 結合郭沫若流亡日本時期的生存狀態來看，毋寧說 1937 年別婦拋雛回國行動中的個人心理動因更重要……對於郭沫若來說，國家不再僅僅是一個歸宿，同時也是實現自我價值途徑和工具。通過回歸祖國他找回了自己的主體性。〔註6〕

董炳月側重於從個人精神訴求方面解釋這一事件，是令人信服的，因為個人價值的實現是任何一個文化個體的精神需求。但這僅僅是問題的一個方面，問題的另一方面是這種個人成就感和心理的滿足，並不能平息他兩次拋妻離家出走帶來的沉重的負罪感，也不能平復他曾以「亂臣賊民」離國逃亡的恥辱感。他需要雙重的安撫，雙重的宣洩，才能使他徹底地放下情感重負，消除心理障礙，義無反顧地承擔起國家話語的表演者角色。在這種背景下，1939 年兩次故鄉之行，就有了不同尋常的意義。

一次是 1939 年郭沫若回鄉省親，這是郭沫若離鄉 24 年後第一次返家，從中國傳統文化的意義上講，具有光宗耀祖，榮歸故里的意味。回鄉後，他在樂山公園發表的公開演講中說：

> 父老兄弟姐妹們，朋友們，同學們！沫若，今天和大家見面講演的地方，是我幼年被學校斥退的地方，（隨即郭沫若轉身用手指著中山堂門前的一根柱子）也許，這根柱頭就是掛我斥退牌的柱頭……〔註7〕

直到 1944 年在重慶歡送樂山母校同學遠征的演講中，郭沫若幾乎是以同樣的開頭在同鄉面前談到少年時代在母校受到的不公平處罰。〔註8〕年少時

〔註6〕 董炳月：《國民作家的立場──中國現代文學關係》，三聯書店，2006 年版，第 148 頁。

〔註7〕 李又林：《一次激動人心的演說》，《郭沫若研究學會會刊》第 1 集，1982 年。

〔註8〕 參見郭沫若：《歡送遠征畢業校友的致詞》，《郭沫若佚文集》下冊，四川大學出版社，1988 年版，第 72 頁。

在家鄉遭受的恥辱，與此刻他發表演講時榮光角色構成鮮明的對比，過去的弱勢地位與現在文化領袖的榮耀的身份構成強烈的反差。他過去被壓抑的心理在此得到最大的補償和滿足。這次回鄉，郭沫若本來想借父親的生日在家鄉「稱觴上壽，廣征鴻文，以益光寵」，只是因為父親以「國難期間，不事張揚，不令鋪張，遂乃罷議」。〔註9〕

就在這一年的7月，郭沫若父親去世，郭沫若得電星夜返家。為父治喪，這是一次影響巨大的「榮哀」，上至國家領袖、黨、政、軍要人、知識精英、社會賢達，下至基層政權、親朋好友、街坊鄰居，社會各界人士的題詞、像贊、唁電、輓聯，如飛雪片。蔣介石對此極為重視，他委託陳布雷將其題詞、彩幛、對聯及一千元錢轉交郭沫若。當時的國民黨政要、軍界人物林森、李宗仁、陳誠、何應欽、陳立夫、陳布雷、白崇禧、馮玉祥、胡宗南、顧祝同等人。中共及新四軍、八路軍方面有毛澤東、朱德、周恩來、彭德懷、及陳紹禹、秦邦憲、吳玉章、林祖涵、董必武、葉劍英、鄧穎超、林彪、賀龍、劉伯承、陳光、徐向前、左權、呂正操、聶榮臻等人，都以不同的文字形式表示哀悼。據1939年重慶鉛印初版《德音錄》所記，郭父膏如老翁仙逝後，在一百三十天之內，郭沫若收到國共兩黨以及無黨派、民主黨派上層人物的函電四十一則；彩幛一百一十八件，對郭父歌功頌德之對聯二百六十幅；詩文四十七篇。這樣的場面和規模，使郭沫若的精神需求得到最大限度的滿足。他在《家祭文》稱：

> 賢達人士得接吾父之言行，均讚頌而未已。內則上而國府主席，
> 黨軍領袖，下而小學兒童，廝役士卒；外則如敵國日本反戰同盟之
> 代表，吾父之喪，莫不表示深切之哀悼。百三十日間，函電飛唁，
> 香帛雲集；屏聯彩幛，綾羅耀目；駢詞麗語，悱惻莊嚴，於此國難
> 嚴重之期間，竟形成吾鄉空前之盛典。鄉人交慰，稱為「榮哀」。不
> 孝等亦竊引以為慰、引以為榮。〔註10〕

首先是當時黨國領袖，國民黨總裁蔣介石親自撰寫的對聯懸掛在靈堂正中，對聯是：

〔註9〕郭沫若：《先考膏如府君行述》，1939年重慶鉛印初版《德音錄》，樂山沙灣文史第3期，1987年翻印。

〔註10〕郭沫若：《家祭文》，1939年重慶鉛印初版《德音錄》，樂山沙灣文史第3期，1987年翻印。

> 耄壽喜能躋，憂時何意成千古；
>
> 中原終克定，告廟毋忘慰九泉。

這一對聯表現出這一喪事不同尋常的國家意義。但文字表達的主觀感情色彩較為平實，沒有對郭沫若本人作出評價。

中國共產黨領導人毛澤東及陳紹禹、秦邦憲、吳玉章、林祖涵、董必武、葉劍英、鄧穎超題聯為：

> 先生為有道後身，衡門潛隱，克享遐齡，明德通玄超往古；
>
> 哲嗣乃文壇宗匠，戎幕奮飛，共驅日寇，豐功勒石勵來茲。

毛澤東等同仁的對聯，以「文壇宗匠」稱郭沫若，這應該是中共最早在公開場合對郭沫若身份的高度評價及定位。其對郭沫若讚賞的情感色彩非常濃鬱。從國共兩黨領袖的輓聯中，非常微妙地顯現出郭沫若在國共兩黨的不同地位，以及對郭沫若未來政治走向的期望值。

很有意思的是，這次父喪，從其父 7 月 5 口逝世開始，到 12 月喪事處理完畢，竟用了一百多天。郭沫若嚴格按照當地極其純正的鄉風民俗來操辦這場喪事。特別是其中的啟祖、朝祖、祭祖三天大祭盛典，排場之大，歎為觀止。郭家聘請當地有名的學者文人，如著名的理學大師、復興書院院長馬一孚先生及當地知名秀才作為禮官，設置了謳詩、讀禮、講書、書主、點祖、三代宗親等儀程，並請了古樂隊。特別是曾經被郭沫若在自傳中「幽默」過的小學老師帥平均先生（經學大師廖季平先生的高足，曾留學日本）作講書官，專為昔日之「造孽徒」，今日之郭廳長講「孝」道一小時之久。郭沫若「匍匐臺前，感泣而極」。〔註 11〕儀式的高潮是「家祭」，這位以白話新詩而聞名於世的叛逆新詩人，這次卻以最純正的文言文，最純正的傳統祭文形式，接連撰寫了《先考膏如府君行述》《家祭文》等祭奠文。郭沫若在文中以最正統的宗法倫理道德為準繩，回朔自己一生的行狀。其間充滿著對自己反省、自責。令作者最揪心的是母親的死因，他反覆提及母親實際上最終死於思子病，他出走二十年不曾歸家，母親「倚閭之淚，迄未嘗乾」。同時也提及他拋妻別子的難言之痛。

民間儀式就其本質而言，是通過一種程式化、象徵性的表演活動，表達同一族群或社群的文化崇拜，通過文化崇拜完成社會控制功能，建構旨在約束族群成員言行的禁忌體系和必須共同遵守的社會規範。以祖先崇拜的信仰

〔註 11〕魏華云：《榮哀——郭沫若為父奔喪紀實》，《沙灣文史》第 7 期，1992 年。

為基礎祭奠儀式，通過對共同的文化觀念的強調，來增強群體的認同感和內聚力。這一場郭氏家族舉行的喪葬祭奠活動，持續四月之久，有社會各界人士廣泛參與，在這場儀式中，孝與忠打通，家與國一體，個人之父轉化成為民族列祖列宗的象徵性符號。個人之父的祭奠儀式，也就轉化成為效忠於國族的宣誓儀式。因此這場的意義不僅僅在於彰顯郭氏家族的榮耀，而是抗戰大環境中國家權力話語與民間情感訴求的一次匯聚融合。它以父喪祭奠的儀式活動為話語載體，實則是弘揚民族精神、凝聚人心、共赴國難的動員大會；是以民間儀式對底層老百姓進行民族意識啟蒙的宣傳大會。其間民族正統的儒家文化再一次得以強化，民間文化和國家意識形態話語因這場盛大的葬禮而溝通、融合，顯示出上下一心、眾志成城禦外侮的民族意志。在抗日戰爭的背景下，以民間儀式的形式來強化民族意識，鮮明地表現出對民族文化意識和道德規範的皈依遵從，使得這一本屬家庭個人性質的事件成為了民族意識形態話語集體表演。

這場儀式，也是郭沫若將個人自由放在民族的祭壇上，獻祭於列祖列宗的犧牲儀式。從國家黨、政、軍及社會各界要人的輓聯、題詞、函電的話語形式中，國家權力意志對個人的要求和約束，得以集中表現。我們特別突出地注意到用語中，幾乎都是上聯頌郭老太爺之美德，下聯對郭沫若的當代功績進行高度評價，並勉勵郭沫若移孝作忠、為國盡忠，再創輝煌。函電中絕大部分用了「為國珍重」之詞，特別傳達出郭沫若身為「國家之人」的政治身份和歷史定位。

對郭沫若個體而言，這是一個在世紀初反叛傳統習俗而出走外邦的子孫，最終歸「家」的儀式；是向民族傳統倫理道德的皈依的儀式；是以哭祭的方式，對集體無意識情結的一次宣洩；是以血緣親情，對自己在外奮鬥一生所受到心靈創傷的精神撫慰。這場公開的儀式，提供了郭沫若履行社會使命和責任的理性化動力，民族的倫理道德在郭沫若心中再一次得到強化。這一儀式賦予他個人乃至家族的榮耀與輝煌。但同時又是以自由人格的喪失、個人失語為代價。他再一次經歷了死而復生的過程。郭沫若在寄給《東線文藝》的書簡中稱：

自入川以來，一切都好像受著限制，尤其是最近半年，因為先嚴過世，自己到峨眉山下的故鄉去營葬營奠，前後共經過了四五個月，處在極偏僻的鄉下，使自己的感情枯凋了，生活失掉了酵母之

力。在這樣的精神條件之下，要寫文章是很困難的。〔註12〕

不管怎樣，這場祭奠活動使郭沫若積壓已久的對家庭的愧疚之感得以宣洩，同時也在國家的政治利益訴求、民族倫理價值觀及個人的文化選擇三者之間，進行了有效的整合。之後，郭沫若呈現出與過去的「自我」絕決的姿態。正因為如此，當作者再一次提到屈原和陶潛時，從民族大義的角度，表達了對這兩位詩人的崇敬之意之後，轉而又說他們兩位：

> 詩的風格都不免單調，人的生活都有些偏激。像屈子的自殺，我實在不能贊成，但如陶潛的曠達，我也不敢一味恭維。我覺得他們兩位都是過於把我看重了一點。把自我看得太重，像屈子鄰於自暴自棄，像陶潛則鄰於自私自利。……屈原是一位儒家思想者，平生以康濟為懷，以民生為重，但為什麼一定要自沉汨羅，實在是使我不十分理解。大約在這兒還是思想和實踐沒有十分統一的原故。屈原沒有做到毋我的地步，是一件憾事。他苦於有我的存在而把他消滅，卻僅消滅於汨羅而沒有消滅之於救民濟世，是一件憾事。〔註13〕

從此，郭沫若徹底告別了自由知識分子的文化身份，作為一個政治家和社會活動家的郭沫若宣告誕生了。他以國家意識形態話語發布者的身份，進入國家權力結構的中心，成為一個「逢場作戲」的話語表演者。而他個人內心的真實活動，在重重的國家意識形態話語系統中閃爍其詞，或隱或現。

國內學者在接受和分析話語理論時，特別強調話語與權力互相依賴、互相生產的關係。「權力必須進入特定的話語並且受特定的話語控制考驗發揮其力量，沒有話語，權力就缺少運行的重要載體。因此，話語的運用作為權力運作的一種形式，構成了人們社會歷史實踐的一個重要方面。一種歷史表述，包括誰來陳述，怎麼陳述，以及表述的真與偽等等，實際上已是經過具有約束性的話語規則選擇和排斥以後的產物。」〔註14〕

而郭沫若當時應遵守的話語規則是受他的身份制約，比如「國民政府軍事委員會政治部第三廳」，實際上就是戰時應急臨時成立的權力機構。郭沫

〔註12〕郭沫若：《致東線文藝》，引自胡從經：《迷失的腳蹤——郭沫若佚文掇拾》，《郭沫若研究學會會刊》，總第 5 期，1985 年，第 75 頁。

〔註13〕郭沫若：《題畫記》，《沫若文集》第 12 卷，人民文學出版社，1959 年版，第238 頁。

〔註14〕黃興濤：《話語分析與中國近代文化史研究》，《歷史研究》，2007 年第 2 期。

若話語權限，就是這一權力機構賦予他的話語權限。很有意思的是，這一頭銜，由軍事、政治、文化構成一種層層制約的等級關係，郭沫若的話語首先要服從抗日戰爭中民族利益；其次，要服從在戰爭制約下國際國內政治格局中的國家利益；最後才落實在上述兩者制約下文化宣傳話語實踐。因此，我們對郭沫若這一時期言論觀察和評判，不能再單純以一個自由知識分子的人格，而應從「國格」角度，其視點也應該轉向當時的民族利益訴求。如果說在和平時期，在野的知識分子對文化的喜好只是個人情趣問題，那麼在特定時期，當文化成為政治的組成部分時，對文化的態度就成為政治態度。從政治的角度看，郭沫若正是在民族危難的大是大非面前，堅定了立場。這一點與周作人的選擇形成鮮明的對比，周作人以個人的審美情趣、文化偏好，代替了自己的政治選擇，最終在大波大瀾的時代喪失了根本的立場，留下千古遺憾。

正是在這樣的背景下，我們才能夠理解，其實郭沫若抗戰時期許多公開的演講、題詞、及發表的文章，某種程度上都不只是代表郭沫若個人的觀點，甚至有些就是通過公文的程序發布的政府文告，如《為日寇暴行告全世界友邦軍人書》就是奉蔣介石手令而擬的重要文告。還有為抗戰宣傳編寫的培訓材料，如當時大量印行出版的《戰時文化宣傳》等小冊子（這些著述都沒有選入建國後出版的郭沫若各種文集）。郭沫若的言行一直都在國家機器的掌控之下。1939 年回家鄉省親時，郭沫若曾到峨嵋山腳下的報國寺遊覽了一次，緊接著就在峨嵋師訓班演講。講蔣委員長時，也例行公事地將腳跟靠了一下。殊不知引起了在場一位記者的特殊興趣，當晚專程來訪郭沫若先生。一開始就問：郭先生，你在今天下午的講演中，提到蔣委員長時也立正起敬。這使我聯想起郭先生曾於 1927 年 3 月 1 日，在朱德家裏寫了震驚一時的《請看今日之蔣介石》一文，何前倨而後恭呢？郭先生微微一笑，回答說：「此一時也，彼一時也」。〔註15〕

皖南事變後，國共兩黨的矛盾日趨公開化和尖銳化，作為政治家的郭沫若的文化身份就必須隨政治的變化再一次進行選擇和確認。確認的儀式便是1941 年在重慶舉行的郭沫若五十大壽誕盛大活動。這次活動雖仍由國共兩黨的知名人士發起參加，但總體看來，應是中共南方局組織的一次特殊形式的

〔註15〕田家樂：《對郭沫若當年旅峨書贈伍柳村先生聯文的理解》，《郭沫若學刊》，1991 年第 1 期。

統戰活動。這次活動後，郭沫若在政治、軍事方面仍以民族話語為主，但在文化戰線，他所持話語系統更加複雜。但總體來說，在抗戰後期，個人的話語已經被壓縮在最小的空間，只在文學性雜文和歷史題材的作品中，或隱或現地表現出來。隨著國共兩黨最終的勢不兩立、生死較量，郭沫若所持的民族話語就漸漸讓位於革命話語了。

移孝作忠與儒學復興——以抗戰時期樂山講「孝」三大事件為個案

　　抗日戰爭爆發以來，中華民族一直在進行著兩條戰線的鬥爭，一是軍事抗戰，一是文化抗戰。如果說軍事抗戰的主戰場在中原大地，那麼文化抗戰的主要陣地則在大西南。隨著國民政府遷都重慶，國家文化機關及要重要高校、文化名流等也大量遷往內地。1938 年 4 月，武漢大學西遷四川樂山；1939年 9 月，著名大儒馬一浮先生經與政府及各方多次磋商，在著名寺剎樂山烏尤寺正式創辦「復性書院」，一時各路群賢畢集樂山，講學論道。再加之故宮國寶中一部分南遷樂山縣安谷鄉和峨眉縣，樂山一時成為抗戰時期民族文化振興和轉播的名城。其實，在復興書院之前，樂山就有悠久的書院教育歷史；如樂山的東岩書院，高標書院，九龍書院，特別是明代即始的九峰書院，延辦至近代，著名的經學大師、今文經學的代表人物廖平先生曾任主講（書院院長）。他的關門弟子黃經華（黃鎔）、帥平均先生後來成為郭沫若的中小學老師，深厚的國學傳統通過師生的傳承，自覺或不自覺地浸潤滋養了一代文豪郭沫若。

　　四川一直是國學重鎮，以尊經書院為據點發展而來的四川教育對於傳統文化的研究和維護，並沒有因「五四」時期短暫的反孔運動而衰退，通過私塾及書院教育而傳承的儒學，在四川有著深厚的根基和土壤；主張文化保種，認為中國文化可以同化西方文化的呼聲在四川從來沒有中斷過。因此，抗戰時期復性書院落腳樂山烏尤寺，成為儒學復興的重要據點，就顯示出歷史的必然性。馬一浮先生正是本著唯學術不亡，然後民族乃不得而亡的文化保種

信念，不遺餘力地將復性書院辦成研究國學「六藝」的純粹書院。因此他在
復興書院的示講，成為正統儒學教育在樂山，也是在整個民族歷史上的最後
一抹餘暉，正是在這樣的文化背景下，在樂山發生的與儒家文化復興有關的
三個重要事件上就顯得非常意味深長。

一

1939 年，抗戰進入白熱化階段，時為國民政府軍事委員會政治部第三廳
廳長郭沫若的父親膏如老先生於 7 月 5 日病故。郭沫若得電星夜返家，為父
治喪，這是一次影響巨大的「榮哀」。這次郭父的祭奠儀式，嚴格按照當地的
鄉風民俗，同時又混合了儒教禮儀來操辦。第一天的書主、典主儀式，郭家
特別聘請了著名理學大師、復興書院主講（院長）馬一孚先生主持。那天，祭
奠開始，鳴炮三響，然後鳴磬、擊鼓、奏大樂、細樂。郭沫若的兄弟、兄嫂弟
媳、侄兒男女、孫輩頭戴孝冠，身著孝服，腳穿孝履，披麻執杖，由司賓徐引
入，潔身淨體，背負亡靈牌至書主、點主臺虔誠叩拜……第三天是由「謳詩、
讀禮，講書」三道儀式組成的「三獻禮」日，由子輩在父靈前跪聽儒家經典講
解，其中「講書」這一儀程由郭沫若的小學老師帥平均先生作講書官，帥先
生曾就讀於樂山九峰書院，是經學大師廖季平先生的高足，後又留學日本，
由於常將「吾師廖井研」掛在口上，曾經被郭沫若在其自傳中幽過一默，為
此帥先生曾耿耿於懷。郭沫若回鄉，專門前往帥先生處嗑頭道歉，師生方言
歸於好。在此祭典上，帥先生專講「孝」道，從「孝」的字形考證，然後引申
《易經》之義到「孝」之現實意義，口若懸河，專為昔日之「造孽徒」，今日
之郭廳長講解一小時之久。〔註1〕

這場盛大的祭典，充滿濃鬱的儒教禮儀色彩。盛典由「千年國粹，一代
儒宗」馬一浮先生主持。馬一浮先生此時正在樂山烏尤寺主持他一手創辦的
復性書院。九峰書院的傳人帥平均先生在郭父祭典上的講「孝」，恰巧與馬一
浮先生在樂山復興書院開示講學相呼應，尤其具有歷史意味。馬一浮先生在
講學中，以儒學六藝總攝一切學術，將六藝總為德教，而「孝」則為德之本，
首講《論語》之後，緊接著就是對《孝經大義》的講解。在《答張立民》書
中，馬先生引用《孝經辨義》語申明講「孝」的重要性，特別強調「……非孝

〔註1〕文中涉及郭沫若父喪儀式的介紹，見魏華云：《榮哀──郭沫若為父奔喪紀
實》，《沙灣文史》第 7 期，沙灣區政協文史資料委員會編，1992 年。

無教，非性無道，……孝以導和，為帝王致治淵源」。〔註2〕其基本觀點是將「孝」看作對「德」的踐行。先生以西方文化為參照系，從現代文化弊端入手，指出如果「以萬事萬物為愛惡攻取之現象，而昧其當然之則，一切知解但依私欲，習氣展轉增上，溺於虛亡穿鑿，蘊之為邪見，發之為暴行，私其身以私天下，於是人生悉成過患矣。」〔註3〕馬一浮認為，要治私欲，必欲反其本，學習六藝之道，不過洞察表明善的本性而已，而返躬求諸心性的途徑則是求之於《孝經》，因為它「使其體認親切，當下可以用力。踐行盡性之道即在於是，故知六藝之要歸，即自心之大用，不離當處，人人可證，人人能行，證之於心為德，行出來便是道，天下自然化之則謂之教。〔註4〕馬一浮反覆闡明德是性，孝是行，通過對孝的體認、踐行，才可以達到「其教不肅而成，其政不嚴而治」的效果。因此，故六藝之旨約在《孝經》。

馬一浮對「孝」的闡釋，並不重在血親關係的強調，而認為人是由天地諸元素化合而生，由此推論：自我之身因由天地孕育，因此就是為天下而生，而屬於天下：「謂此身受之父母者，不敢毀傷，則身非汝有。不可得而私也。以此身即父母之身，亦即天地之身也」。〔註5〕以這樣的推論，馬一浮先生將自我之身與天下合為一體，天下為公，君子為天下，為公而行，就是盡孝。馬一浮先生以「孝」為儒學基石，打通「孝」與「忠」、「仁」、「禮」、「義」的聯繫，將此合而為一，「移孝作忠」就是順理成章的事，這些看似玄虛的理論，實際上為喚起民眾、獻身國家的行動找到精神信仰的支撐，在道德和文化的層面奠定了理論根基。

二

家鄉樂山沙灣這場盛大的父喪祭奠儀式之後，郭沫若與「孝」有關的話題並沒有終止。無獨有偶，回到陪都重慶後，又遇樂山同鄉和屬下胡仁宇先生的老母去世，因種種原因，胡先生未能回家奔喪。胡母的週年祭時，胡仁宇先生心潮難平，便撰寫了一篇長文表達追念之情，誰知原稿居然被盜。憑

〔註2〕馬一浮：《答張立民》，《爾雅臺問答》，江蘇教育出版社，2005年版，第6頁。
〔註3〕馬一浮：《孝經大義》，《復性書院講錄》，江蘇教育出版社，2005年版，第99頁。
〔註4〕馬一浮：《孝經大義》，《復性書院講錄》，江蘇教育出版社，2005年版，第107頁。
〔註5〕馬一浮：《孝經大義》，《復性書院講錄》，第110頁。

著對母親的一腔深情，他又重寫祭文，遍請重慶名流為之題詞。〔註6〕由柳亞子先生題書名《恩海集》，於1945年出版。這部集子留下郭沫若的題詩和小跋：

中年哀感廢蓼莪，罔極親恩似海波，讀罷述肝三歎息，遍地棘荊多齟齪。

撫摩頰臂明肥瘠，賢母傷心目已盲，最是彌留思子語，裂人肝肺蕩心腸。

茫茫浩劫實空前，滿地胡塵已五年，欲得報恩歸不得，由來忠孝兩難全。

君子吃虧方可做，小人毒惡猛於蛇，且將心力酬國家，秉母遺言莫惹他。

　　讀罷寰九所述

　　胡母宋太夫人行狀，率成四絕，以專哀感，兼以勸慰寰九，古人云：君子要常常吃虧方才做得，方今國難當前，節哀節變，尤應有以自廣，私人仇怨，可暫時付諸東流水也。

　　民紀三十一年十月十五日

郭沫若　呈稿

畫家呂霞光作為喪禮送來的《思親圖》，在畫面空白處，郭沫若又題了以下一段話：

愛是生命的源泉，作畫之得以存續，賴有母愛，一切物匯之得以生存，亦賴有母愛，故紀念母愛必須自愛其生，自愛其生，非貪生怕死之謂，乃當使此生賦有充實崇高之意義，不虛其生也。故意遇必要而殺生成仁實亦愛生之極。

這部集子還收錄了郭沫若為《蓮臺》之畫所作題詞，在胡仁宇悼念亡母的留言簿上的題詞。郭沫若為何在《恩海集》中留下如此多的題詞，反覆表達「孝」之主題？墨蹟是心跡的反映，其中有郭沫若自身亡母之痛的深切體

〔註6〕關於胡仁宇《恩海集》的發現及郭沫若、胡風等人眾多題詞的介紹，見龔明德：《〈恩海集〉中的作家佚文》，《昨日書香》東南大學出版社2002年5月。據龔先生考證，胡仁宇先生是郭沫若的樂山同鄉，應郭沫若邀請，在國民政府軍事委員會政治部中任秘書之職。胡仁宇的母親於1941年7月3日在樂山羅漢場去世，羅漢場與郭沫若的故鄉沙灣場僅隔30里左右。

驗，郭沫若遠在日本以傳記回顧童年時代時，深情地描述了母親在人格、詩教方面對他的教育和影響。而一別多年，從未歸家；「生不能侍晨昏，病不能奉湯藥，死不能視含殮」。在他撰寫的《先考膏如府君行述》《家祭文》等祭奠文中。反覆提及母親最終死於思子病，他出走二十年不曾歸家，母親「倚閭之淚，迄未嘗乾」。對母親最揪心的愧疚之情久久不能平復。因此，同鄉之誼，亡母之哀，引發他的情感共鳴，故上述所題序言詩詞，發自內心感懷。

但郭沫若在紀念冊上留下的墨蹟亦不能完全看做私人話語。除了郭沫若，在《恩海集》上還有當時雲集重慶的重要人物五十人左右的題詞，作家有夏衍、茅盾、胡風、老舍、田漢、洪深、馮乃超、鄭伯奇、白薇、姚蓬子、臧克家、王亞平、姚雪垠等。亡母之祭的話題經這些民族文化的代言人發揮彙集後，這部《恩海集》集子也就和郭沫若祭父儀式具有同樣的性質，即抗戰時期國家意識形態話語展示的重大意義。如胡風題詞：「以乳以血以愛哺養後代，即乳以血以愛奉仕國家。為後代爭光明，即為先人盡孝思之至道」。因此眾多文化人在這本紀念冊的題詞活動，實際上是在义化領袖郭沫若帶領下，將母教母愛發揚光大為「以孝民族，以忠國家」（茅盾題詞）一次宣誓活動。它具有對民族文化的核心價值觀進行文化認同和確證的重要意義。

郭沫若在抗戰這一特定的時期回歸傳統，踐行「孝」道，有政治的訴求，也有個人的情感體驗。馬一浮在復性書院的講「孝」，同樣如此。在孝道方面，給予他榜樣的，是他的二姐明珪，魯迅描繪的《二十四孝圖》中種種觸目驚心的行狀，不難在馬一浮的二姐明珪身上找到原型。明珪從小受《烈女傳》的影響，以曹娥為榜樣，立誓侍奉父母，終身不嫁。母親因患肝癌，明珪竟剜下臂上肉做藥引；為確證母親病狀，明珪多次嘗母糞便；母親昏厥之時，竟引帛自勒，願陪母受苦甚至殉葬。母逝後，因哀傷過度，很快香消玉殞。二姐對「孝」的踐行發揮到極致，給馬浮以相當深的刺激。他曾寫《哭二姐》長詩，其中便描述了二姐剜臂和藥的情景。〔註 7〕父母及二姐的早逝，哀痛之情再加之青年喪妻，幾年後岳父再議以妻妹嫁與馬一浮時，其妻妹又以病亡。幾分榜樣，幾分宿命，馬一浮終身不再娶，為繼往世之絕學而奉獻了自己的全部心血。

〔註 7〕關於馬一浮先生的二姐明珪生平事蹟的介紹及馬一浮先生《哭二姐》詩，見
馬鏡泉，趙士華：《馬一浮評傳》，百花洲文藝出版社，1993 年版。

三

抗戰時期關於「孝」道及儒學義理的倡導，是官方的政治需要。戰時國民政府將儒學作為正統的民族文化，通過儒學復興來弘揚民族文化。而「孝」作為儒學的重要範疇，被納入國家意識形態重要組成部分而大肆彰揚，且以復活書院的傳統教育形式，以政府行為大力推廣。正是有蔣介石、陳立夫、陳布雷等最高政要的倡議，有國家財政的大力支持，才有馬一浮先生的文化烏托邦的曇花一現。

但是在炸彈遍野的民族危亡時刻，坐而論道，將修心養性，反諸求己作為純粹的講學目標，卻顯得很不合時宜。馬一浮認為：從長遠看，書院此舉是延續民族文化之命脈的大計，殊不知在現實的運作中卻遭受了來自各方面的尷尬，一是國民黨政權的控制和干預，二是青年學生求學目的與復性書院辦學目標的錯位，三是來自文化界本身的疑慮和批評。在《復性書院日記》中，詳細記載了書院辦學以來與各方的衝突。如 1940 年所記：

> 九月十日，星期二，晴
>
> 主講函劉百閔先生，催詢陳部長覆書並八、九月補助費
>
> 注：教育部於六月十八日發來代電，要書院報講學人員履歷及所用教材，這違反了陳立夫當初「對書院始終以賓禮相待，一切聽憑自主」的諾言，故主講憤而於七月六日致書陳，提出辭主講，要陳「別延名德主持講事」，信係寄劉轉交的，月餘未得覆，故催問。〔註8〕

書院從 1939 年九月開講以來，剛好一年的時間，馬一浮先生就感書院難以為繼，從 1940 年 9 月開始，與教育部和董事會展開了拉鋸般的討價還價。九月提出辭職後，12 月陳立夫專門來樂山拜訪馬一浮，說明公文係誤發，並一再挽留，馬先生同意再延續半年。此後，又不斷提出辭職。如 1941 年《復性書院日記》又記：

> 七月四日 星期五 晴 警報
>
> 張立民、劉公純兩先生與培德聯名函壽毅成先生，告以主講堅辭之故。
>
> 注：求去之主因是政府在各方面對書院加以干涉、限制，不能

〔註8〕王培德遺著、丁敬涵點注：《復性書院日記》，陸寶千編：《馬一浮先生遺稿續編》，（臺北）廣文書局，1998 年版，第 97 頁。

真正做到「一切聽憑自主」；次因是兩年的講學實踐仍不能讓學生做到「著重躬行，不尚口說」，還是「泛泛尋求者多，真實體究者少」，甚至存「人我之見、勝負之心」，對「答問」中，課卷評語上有貶詞，就意不能平，覺得教學效果不大。但從董事會來電看，對這兩點均未能察覺，只簡單地認為是經費不足，故去信告之。〔註9〕

因此，馬一浮先生堅持辭職的原因，除政府的干預外，對學生的失望也是其重要原因之一。在與書院內外好些青年的書信往來中也可以看出，當時學生的價值取向與馬一浮先生所持尺度的差異相當大，而先生在堅持辦學理念方面又絕不妥協。他在與青年的信中反覆申述：「書院所講，一秉先儒遺規，原本經術，冀有以發明自心之義理而已。非如佛氏之高言弘法度生，亦不如時賢動以改造社會為標榜，以救國為口號也。期於暗然自修，求之在己。」〔註10〕只要青年在求學動機上與此培養目標有異，先生即取勸阻入學的堅決態度。因此書院最終的結果便可想而知。正是因為上述原因，馬先生的辦學目標及理念在文化界中產生較大爭議。即便是性情溫和，寬容大度的葉聖陶先生在與友人信中，也委婉表達了不同看法。他認為：

> 今日之世是否需要儒家，大是疑問。故弟以此種書院固不妨設立一所，以備一格，而欲以易天下，恐難成也。且擇師擇學生兩皆非易。國中與馬先生同其見解者有幾？大綱相近而細節或又有異，安能共同開此風氣？至於學生，讀過《五經》者即不易得，又必須抱終其身無所為而為之精神，而今之世固不應無所為而為也。〔註11〕

所以，馬一浮先生以自我體認方式，將儒學「六藝」作為一種公理性知識來信仰且踐行。這種執著的態度使他對上因政府控制與自由講學的理念產生衝突；在學界同行中無法找到志同道合者；在下又找不到打造為通儒的棟樑之材。書院開講不到半年，馬一浮即遭遇與好友熊十力分道揚鑣，與政府討價還價，書院經費嚴重不足，學生資質不如人意等因難。復性書院勉強支撐到1946年東遷回杭州，最終於1947年被廢置。馬一浮為之傾盡心血的文化烏托邦終是曇花一現。

〔註9〕 王培德遺著、丁敬涵點注：《復性書院日記》，陸寶千編：《馬一浮先生遺稿續編》，臺北廣文書局，1998年版，第176頁。

〔註10〕 馬一浮：《答張君·爾雅臺答問》，江蘇教育出版社，2005年版，第43頁。

〔註11〕 葉聖陶：《一九三九年四月五日致滬上諸友信》，夏宗禹編：《馬一浮遺墨》，華夏出版社，1991年版，第211頁。

郭沫若文化抗戰論
與中日文化啟蒙的話語關聯

  抗日戰爭全面爆發後，在日本蟄伏了十年的郭沫若放棄了純文學和學術研究，回到祖國，全身心地投入到抗日戰爭宣傳組織工作。在犬牙交錯的政治軍事的複雜局勢中，他以通權達變的政治智慧開始了多重角色的穿梭。郭沫若在與世界和國內各黨各派各階層之間的對話中，其大量言論構成了一種靈活的話語系統，充滿著意向性、指向性、無不具有「在場」感。

  作為文化抗戰的組織者、指揮者，郭沫若首先面臨著中日兩國歷史和文化關係問題。中日兩國的關係，長期以來「剪不斷，理還亂」。近代以來，日本作為中西文化之橋，對中國現代啟蒙思想的形成起到過很重要的作用。可以說，中國近現代許多重要的思想家都程度不同地受到過日本現代啟蒙思想的薰染。特別是進化論和國民性問題，已經成為中日兩國在現代化啟蒙中共有的話語方式。

  郭沫若對日本的感情很複雜，一方面，他曾在日本居住近二十年，對日本侵華戰爭發動的文化心理和國民基礎，有著深刻的體驗。另一方面，日本是郭沫若的妻國，也可以說是他的第二故鄉，日本的自然風物及人情，帶給他創作的許多靈感。這裡良好的學術研究氛圍，也催生了他的許多學術研究成果。應該說，郭沫若在文學創作、文藝思想乃至思維方式上，自覺或不自覺地吸收了大量日本文化的要素，這從郭沫若與日本現代著名史學家內藤湖南關係可見一斑。

  內藤湖南是日本京都大學史學教授，是日本中國學領域內兩大學派之一

「京都學派」的領軍人物，有非常深厚的漢學造詣，曾十次來華考察，並出版了多部關於中國問題專著，並長期地保留著與中國學者直接的學術交流，是著名的「支那通」。由於他的著作在日本學術文化界影響很大，被稱為「內藤史學」。辛亥革命後，內藤積極籌劃，安排了王國維、羅振玉避居京都。這兩位學者的到來及學術交流，直接將二重證據法（即地下實物與文獻資料的相互印證）注入京都學派的實證研究方法之中。郭沫若1928年避難日本期間轉向歷史考古研究時，曾將關注目光投射到「京都學派」身上。1932年，在文求堂主人田中慶太郎的推介下，郭沫若前往京都拜會了該學派盟主內藤，並在其書齋「恭仁山莊」進行了學術交流，郭沫若談及甲骨文研究的見解，第二天還以詩詞《訪恭仁山莊》表達對內藤的敬重，內藤也向郭沫若提供了所需的拓本資料。內藤去世後，郭沫若從報上得到這一消息，「為之憮然者長之」。1955年，郭沫若到日本訪問時，還特意憑弔了內藤的墓。〔註1〕可以說，郭沫若在辯證唯物史觀的指導下，具體運用王國維二重證據法，在日本期間成功地開闢了馬克思主義史學研究的新天地，與京都學派的學術滋養是有一定聯繫的。

從上述個人交往事實中，可以看到郭沫若與內藤之間應該是有一定的學術情誼的。但是在抗日戰爭特定的語境下，郭沫若沒有記載這些交往事實，反而在文章中公開批判了內藤和日本學者對中國歷史及現狀的價值判斷。這是由郭沫若回國後，作為民族文化代言人的身份所決定的，是由維護民族尊嚴和根本利益的政治立場所決定的，當中日間成為交戰的敵對國時，卿卿我我去奢談兩國學者間個人的學術友誼是不可能的。縱觀郭沫若在抗戰時期大量的對日言論，可以看到他主要著眼於在日本受歧視，受欺凌的生存體驗，直面中日兩國學者共同關注的國民性問題和進化論思想，從文化的根基上去揭露日本侵略的國民「根」性和文化心理邏輯。

日本對中國的軍事侵略，首先是以民族優越感作為心理基礎。在東方民族現代化的進程中，日本的崛起和發展是不容抹殺的事實，但這種民族優越感卻成為他們蔑視中國，侵略中國的口實。早在十九世紀末，被稱為日本近代最重要的啟蒙思想家福澤諭吉，就曾發表文章，將西方用武力進行領土擴張和資源佔有視為文明開化。在他的眼中，由於日本向西方學習，已經脫亞入歐，成為先進文明的代表。而中國則處在野蠻的階段，其政治腐敗、人心渙散、目無法紀、潰不成軍，而且敢於蔑視西方列強及日本帝國。因此，他稱

〔註1〕參見蔡震：《文化越境的行旅》，文化藝術出版社，2005年版，第314～315。

「日清戰爭是文明與野蠻的戰爭」在一篇《直沖北京可也》的文章中，公然說「今天的戰爭雖是日清兩國之爭，實際上卻是文明與野蠻、光明與黑暗之戰，其勝敗如何關係到文明革新的命運。應該意識到我國是東亞先進文明的代表，非國與國之戰，而是為著世界文明而戰。」〔註2〕福澤諭吉的日本文化優越論，在某種程度上構成日本上層對華侵略的基調，抗戰爆發後，文學博士井上哲次郎也著文闡述「日本文化比支那文化高得多。低級文化國家要打敗高級文化國家，在今天是不可能的。」〔註3〕

在上述中日文化關係的解構下，日本主流意識形態進一步在中、日國民性的對比中，最大限度地誇張、美化日本國民性的優越，如同德國將所謂的日耳曼民族純正血統與猶太民族的優劣對比，為瘋狂的法西斯戰爭尋求種族依據一樣，日本文人學者以古典著作《古事記》中的神話作依據，將天皇看成是神的子孫，日本民族則是天然的「天孫民族」。當前文化中心移向日本後，日本即成為亞洲領導者，亞洲文化的代表，天然地擔負著統一亞洲，建立大東亞秩序的使命。因此，在日本的國民性研究中，粉飾誇大民族優勢，刺激培養日本國民的亞洲意識，成為他們在這一領域的主導趨勢。日本所謂的支那文化研究專家岡倉天心吹噓說：

> 我們這個民族身上流淌著印度、韃靼的血，我們從這兩方面汲取源泉。我們能夠把亞洲的意識完整地體現出來，這是我們的與這種使命相適應的一種有著未曾被征服過的民族所具有的自豪，我們有著這樣一種島國的獨立性，我們就能夠使日本成為保存亞洲思想和文化的真正儲藏庫。〔註4〕

武者小路實篤在《日本為什麼強大》一文中，認為：

> 日本的強大是天生的。日本人名譽心強，性格要強，吃苦耐勞。關鍵時刻敢於犧牲。我認為，決不苟且偷生的性格，在戰爭中發揮了很大作用。〔註5〕

〔註2〕福澤諭吉：《直沖北京可也》，轉引自王向遠：《日本對中國的文化侵略》，崑崙出版社，2005年版，第117頁。

〔註3〕轉引自王向遠：《日本對中國的文化侵略》，崑崙出版社，2005年版，第122頁。

〔註4〕岡山倉心：《東洋的理想》，引自王向遠：《筆部隊和侵華戰爭》，崑崙出版社，2005年版，第14頁。

〔註5〕轉引自王向遠：《筆部隊和侵華戰爭》，崑崙出版社，2005年版，第22頁。

在讚頌了本民族性、國民性的優越後，日本學者在中、日兩國國民性的比較中，肆意誇張中國國民弱點。著名小說家芥川龍之介在中國上海遊覽之後，大肆渲染醜陋、骯髒的支那形象，他描繪上海的湖心亭說：

> 近處豎立著的中國風格的亭子，泛著病態的綠色的水池，以及嘩嘩地朝這傾瀉的小便——這不是一幅可愛的憂鬱的風景畫，同時又是我們面前這個老大帝國的可怕的象徵。〔註6〕

問題的複雜性在於，日本的學者文人在「國民性」話語框架下提出的上述觀點，是與二十世紀初大量留日的中國知識分子與日本文化的互動中提出的啟蒙思想摻雜在一起。明治維新後，對「進化論」「民族性」「國民性」等問題的探討，成為日本文化界和關注的熱點。而嚴復、梁啟超、魯迅等啟蒙思想家在日本文化語境的影響下，對改造國民性的思考和呼籲，也成為中華民族現代啟蒙思想的重要組成部分。魯迅對民族吃人歷史和國人「精神勝利法」、「狼羊性格」的刻畫，都有日本學者對中國國民性的描繪作提示。〔註7〕留亡日本的中國革命者和留學日本的知識分子，在日本的生存體驗中，在日本現代文化語境中，有感於西方列強瓜分中國的野心，有感於日本民族在東方的崛起，才引發了我國仁人志士強烈的民族危機感，才迫不及待地接受了優勝劣汰的進化理論，並引申出「改造國民性」的重要話題，從而奏響救亡圖存、改造中國的文化啟蒙主旋律。

關於國民劣根性的種種表現，使從日本回國後郭沫若同樣憂心如焚，比如，日本學者眼睛中看到的湖心亭景象，郭沫若在他的小說《湖心亭》中也有類似的描寫，他看見湖心亭的之字曲橋，成了「一個宏大的露天便所」！湖水更是「混濁得無言可喻的了」，面對這種情景，作者憤慨地評論道：

> ——哎，頹廢了的中國，墮落了的中國人，這兒不就是你的一張寫照嗎？古人鴻大的基業，美好的結構，被今人淪化成為混濁之場。這兒洶湧著的無限的罪惡，無限的病毒，無限的奇醜，無限的恥辱喲！

雖然在芥川龍之介和郭沫若眼中，同時將湖心亭的髒、亂、差看成是中

〔註6〕王向遠：《筆部隊和侵華戰爭》，第26頁。

〔註7〕日本京都大學教授桑原騭藏曾在清末民初寫下大量歷史散論名篇，揭示中國國民性，如《中國人發辮的歷史》《中國人食人肉的習俗》《中國人的妥協性和猜疑心》等。參見錢婉約：《從漢學到中國學》，中華書局，2007年版。

國國民劣根性的形象反映。但他們反映表現的立場卻有根本的不同。郭沫若對自己民族國民劣根性的憤慨，是基於恨鐵不成鋼的痛心疾首。而日本學者將我國的國民弱點進行誇張，歸之於「支那惡」，大造「支那」民族退化的輿論，實際上是為日本侵略我國，製造了冠冕堂皇的藉口。他們對中日兩國的國民性進行對比之後，就順理成章地得出結論，認為日本對華戰爭是以「日本善」打倒「支那惡」，甚至是日本對中國報恩的聖戰。

抗戰爆發後，中日兩國在政治、軍事上的對立，和文化淵源上的纏繞，造成中國好些知識分子複雜矛盾的心態，一方面是民族、國家的生存危亡，另一方面是對日本強大的實力羨慕和日本文化在情趣上的共鳴。因此，在抗戰宣傳中，既要揭露日本侵華的文化心理基礎，又要從日本現代啟蒙文化中剝離出對中國抗戰有用的文化要素，在延續五四思想啟蒙傳統的前提下，建立中華民族的文化自信。這對郭沫若而言，無疑是一個非常艱難的課題。

今天我們重讀郭沫若在抗戰時期形成的《羽書集》《蒲劍集》《今昔集》《沸羹集》這四個雜文集，還有他留下的大量即時、即興宣傳的演講辭、廣播辭等，再重新考察郭沫若在抗戰中的重要作用，可以看到，郭沫若面對這一重大的時代課題時，不辱使命，他服從於當時國民政府提出的「抗戰建國」的基本國策，在近代以來中日兩國交流過程中共同營造的文化語境中「接著說」，舉重若輕地提出「文化抗戰」思想和與此相應的實踐方案，並在大量的宣傳活動中，通過對文化抗戰的思想內涵的不斷闡釋，非常有效地建立起抗戰宣傳話語系統。這一話語系統的建立，實際上包含著他與國內外各種政治力量、各階層、各黨派進行多方對話的複雜聲音，特別是與敵對國日本各階層人士對話的聲音，也是郭沫若作為現代啟蒙者，在特殊形勢下對民族現代文化進行重構的艱難嘗試。

在中日兩國文化關係中，首先是基本立場。當日本對中國發動不義戰爭，使一衣帶水的兩國成為敵對國時，出於民族的立場，政治性話語就成為郭沫若所有話語中的主導性話語。明治維新以來，中日兩國在對西方現代文化的選擇中，共同表現出對天演進化的濃厚興趣，但雙方運用進化論的指導思想則完全不同，日本對進化論的理解，是建立在對西方列強進行摹仿的基礎上，他們仿傚西方，是要把自己變成強者，他們要把弱肉強食，以強權進行殖民擴張的理論變成自己的行動。郭沫若在《文化與戰爭》中，就一針見血地指出「為要遂行侵略戰爭，為要使侵略戰爭得到理論上的奧援，日本法西斯軍

部和其爪牙們是曾經把他們的社會觀感從根本上矯揉了好幾遍。力即正義，強權即公理」。〔註8〕

　　應該說，自從嚴復首次翻譯的進化論從西方傳到中國後，又在日本文化語境中被強化，從而成為我國現代啟蒙的理論基礎，但是中華民族從來不會主動以強權去奪取他人的生存權，因此，當時的仁人志士，大力宣傳進化論的目的是提醒國人，救亡圖存，保國保種。抗戰爆發，中華民族到了最危險的時候，仍以近代中日文化啟蒙的共同話語來喚起民族思想記憶，就是十分必要，也是十分有效的。因此，郭沫若重提「進化論」，以此建立「文化抗戰」這一思想體系的邏輯框架。在《文化與戰爭》一文中，他首先確定戰爭在人類社會進化過程中的作用，將人的欲望區分為佔有欲和創造欲兩種對立的欲望。他認為對於戰爭的性質，不能一概而論，應該把戰爭分為侵略戰和反侵略戰，進化性戰爭和非進化性戰爭，前者促進人類的理性，後者鼓勵人的獸性。前者是對人的佔有欲望的克制，對創造欲的激揚；後者是佔有欲過剩的結果。文化則是表示著對於佔有欲望的克制與對於創造欲望的培養擴充的精神活動的總動向。〔註9〕在這樣的邏輯前提下，郭沫若構築了兩個公式：反侵略戰爭＝文化＝創造，侵略戰爭＝反文化＝佔有。這樣，他把把戰爭納入文化的範疇進行考察，高屋建瓴地回答戰爭在人類發展史上，在人性進化史中的正負作用，來指出日本進行這場戰爭的非正義性質，是人類殘留獸性的大暴露，從而將日本侵略者釘在人類文明進化史的恥辱柱上。

　　在文化抗戰這一思想體系中，我們還看到了郭沫若五四時期關於「毀滅——創造」，「死而復生」的觀念的復活。他反覆強調中西文化共有的「動」的精神是文化的基本特質。他在抗戰話語中仍以此為邏輯起點，從發生史的角度對文化下定義，他認為文化是「人類對於自然的不斷的征服」，文化的發展是「一個生生不已的動的傾向，有向更高一個階段發展起去的那種努力」，從這個意義上講，文化「是人類自然的最高階段而又有發展向更高階段的勞動成果」。〔註10〕郭沫若反覆強調文化的發展是一個波形發展的生生不已的動的過程，戰爭即是文化發展的波谷，但波谷之後肯定就是波峰。在此，我們看到郭沫若

〔註8〕郭沫若：《文化與戰爭》，《沫若文集》第 12 卷，人民文學出版社，1959 年版。

〔註9〕郭沫若：《文化與戰爭》，第 6～7 頁。

〔註10〕郭沫若：《青年與文化》，《沫若文集》第 11 卷，人民文學出版社，1959 年版，第 89 頁。

繼續著五四時期創造——毀滅，死而復生的思維模式，來解釋文化與戰爭的關係。雖然戰爭是文化的毀滅，但舊文化毀滅過程中，卻能催生新文化的誕生。在這個意義上，「戰爭就是創造，創造即是戰爭。兩者相得益彰」。〔註11〕

　日本的史學家內藤湖南在他所謂的研究中，特別具有欺騙性的是他製造的「文明移動」論，為了證明日本侵略的合理性，他不厭其煩地論證文化中心向著東南，繼續向日本移動，而成為東洋文化的中心，成為超越支那的先進國家。內藤湖南將日本的侵略看成是把更高文明帶給中國人，對中國現有文明的產生強大刺激後，促使中國民族的新生。他在其著作《支那論·附支那新論》中說，「支那之所以能夠長期維持民族生活，全都是因為外族屢屢進行的入侵。……應該說對於支那民族的煥發青春，是一種非常的幸福」。〔註12〕

　內藤湖南這一理論從思維模式上說，同樣是一種毀滅——創造，死而復生的原型模式，但是他的意思是要用日本先進文明去征服中華文明，去消滅中華文明，使中華文明臣服於所謂的「大東亞秩序」之中。郭沫若非常清醒地看到這些學術理論背後包藏的禍心，他駁斥內藤湖南「以為我們中國既有前漢和後漢，便當再來一個前清和後清，而這夢想中的後清卻應該是日本的屬國。」〔註13〕對內藤湖南以研究中國歷史為名，實質為日本侵略張目的史學觀進行了尖銳的批判。由此，郭沫若提出「戰爭就是創造」的命題。雖然同樣將戰爭視為創造的巨大動力，但戰爭只是一種巨大的刺激因素，他將激活中華文明自我更新機制，在戰爭中除舊布新，因此，戰爭造就的是本民族文化的傳承與延續，煥發的是民族文化的勃勃生機。因此，郭沫若將戰爭中救亡圖存與改造國民性的兩大任務有機聯繫起來，將對外反侵略戰爭和對內反封建的兩重任務與文化創造聯繫起來。郭沫若承認我們中國素來是被人稱為病夫。並不諱言我們民族「爛熟的封建文明持續了過分長久的年代，沒有得到蛻變，更加以清朝三百年的無理的統購制，養成一種苟且因循的習慣，豪無積極進取的精神」。〔註14〕而戰爭則是振奮民族精神的絕好時機。在文化抗

〔註11〕郭沫若：《中國戰時的文學與藝術》，《沫若文集》第 12 卷，人民文學出版社，1959 年版，第 173 頁。

〔註12〕內藤湖南：《支那論·附支那新論》，轉引自王向遠：《日本對中國的文化侵略》，崑崙出版社，2005 年版，第 137 頁。

〔註13〕郭沫若：《惰力與革命——為紀念辛亥革命二十六週年》，《沫若文集》第 11 卷，人民文學出版社，1959 年版，第 239 頁。

〔註14〕郭沫若：《把精神武裝起來》，《沫若文集》，第 11 卷，人民文學出版社，1959 年版，第 306 頁。

戰的宣傳過程中，郭沫若在多種場合、多篇文章反覆用一個醫學現象比喻，那就是抗戰的過程是一個腐肉去盡，新肌發生的過程，是一個除舊布新過程。我們的停滯不前，好比驅體的腐肉長期積累在那兒，化了膿或有腐爛性傷口。「日本軍人正是一大批貪食腐肉的蛆蟲，他們滿得意地替我們吃著腐肉，這正對於我們的下層的生肌，給與了順暢發育的機會」〔註15〕郭沫若關於文化在戰爭中毀滅和創造的理論，將抗戰這一特殊的歷史時期和五四文化精神聯繫起來，他認為「五四運動一方面反對帝國主義，這是反對人類社會的最大暴力，另一方面反對封建制度，這是反對中國本身的最大惰力，」五四時期的兩大任務同樣是抗戰時期中國人的當務之急。

「文化抗戰」這一思想體系同時也要回答五四時期思想啟蒙者關於改造國民性的課題。這一理論與五四改造國民性的啟蒙話語相接應，提出在戰爭中重建國民性格民族精神，以激發人們保衛文化、創造文化自信和努力。郭沫若在抗戰中重提少年之中國和青春之中國的話題，多次把青年與文化聯繫起來，將民族精神歸納為「自強不息，永遠青年化」的精神。甚至「泛神論」思想在其中也再一次得以復活，郭沫若把人的精神充實看成是神性的表現，認為能盡人之性，能盡物之性就可以達到至誠如神的境地。中國民族便是富有這種神性的民族。〔註16〕他還就國民精神和氣質的改變提出了很好的建議，一是服裝改變，應該由極其臃腫、自然紆緩的長袍、旗袍改為「短打」衣服，一是取締茶樓酒館，以免不必要地消磨時間，使精神萎靡。移風易俗與健康的文藝活動相結合，是振奮精神的最好途徑。〔註17〕

「文化抗戰」這一概念的提出和實踐，使郭沫若完成了從單純的文人、學者知識分子到社會改革家和活動家的轉變整合。使他在民族氣節的大是大非面前，保持了中國知識分子純粹品格；他在捍衛民族文化同時，也客觀公正對待他國文化，特別是敵對國文化方面，表現出應有的原則立場和外交風範。當然在對文化抗戰思想的表述過程中，由時效性決定，這些帶有「羽書」性質的語言文字，不可能精心推敲。同時，因為抗戰宣傳的需要，好些觀點

〔註15〕郭沫若：《關於華北戰局所應有的認識》，《沫若文集》第11卷，人民文學出版社，1959年版，第236頁。

〔註16〕郭沫若：《青年化，永遠青年化》，《沫若文集》第11卷，人民文學出版社，1959年版，第372頁。

〔註17〕郭沫若；《青年和文化》，《沫若文集》第11卷，人民文學出版社，1959年版，第88頁。

和內容往往在不同的地方重複演講,這些演講辭和雜文後來被彙編成集之後,僅從純文學的角度,可能給人一種重複拉雜的感覺。但從現代文化史的角度,這些文字自有它的生命力所在。在《羽書集》第二序中,郭沫若稱這個集子是「負了惡星下凡的胎兒」,說不定是會出乎意外地長命的。今天,抗日戰爭的硝煙已散,但關於戰爭的價值評判仍在繼續。日本右翼政治家、學者面對中日關係史上最悲慘的一頁時,所持的仍然是絕不謝罪的態度,而在這強硬態度的背後,仍是二十世紀初的侵略幽靈,仍是他們以西方為殖民擴張標本的、令人瞠目結舌的社會歷史觀,他們說:

> 在人類的生存鬥爭中,侵略是正確的……美國人殺害印第安人,掠奪他們的土地,在第三者看來,這是難以容忍的殘暴行為。但是,如果不這樣,就不可能出現美國這個國家。美國人殺氣騰騰,進行席捲北美大陸的侵略,正是美國輝煌的建國史……如果美國謝罪會怎樣?……美國人絕不謝罪。生存鬥爭不需要謝罪。勝利就是正義。這是因為,如果謝罪,就會使為國家發展做出貢獻的人變成了罪人,使國民喪失了愛國心……連進行利己性侵略的白人都不謝罪,為什麼為抵抗而戰的日本必須謝罪呢?〔註18〕

聯繫到日本軍國主義根深蒂固的文化根源,再來品味郭沫若「文化抗戰」的思想,可以認識到它長久的生命力所在。

〔註18〕日本歷史研究會:《大東亞戰爭的總結》,轉引自張自洲:《中日關係如何超越歷史》,《中國圖書評論》,2007 年第 4 期。

文章出國：中國抗戰文化「走出去」
運動——兼論郭沫若的中外文化交流觀

　　近現代以來，隨著帝國主義列強的全面入侵，西學東漸的潮流滾滾而來。西方國家以傳教士為先導，以基督教文化的強力推進來衝破中華民族的文化防線。面對異質文化的迅猛衝擊，中國在被迫開放後對陌生世界的新鮮和好奇感，西方高度的物質文明帶給中華民族強大的心理壓力，弱國心態造就民族自卑感，救亡圖存的迫切要求，使中華民族在對外來文化的「拿來」和引進成為心理渴求和主導趨勢，而中華文化向世界的「輸出」則微乎其微。

　　1937年，抗日戰爭正式爆發後，中華民族面臨著更深重的民族危機，救亡圖存再次成為中華民族最緊迫的要求。但中國的文化人在對外文化的態度上卻發生明顯的偏轉。因為這場戰爭雙方是在具有同質文化的兩個民族中進行的，從文化的淵源和傳承而言，中國與日本曾是老師和學生的關係。因此，儘管在軍事上，國人與日本進行著艱難的搏鬥，但在文化心態上，壓根兒是藐視日本的。在抗戰宣傳中，中國的文化人正是帶著這種文化優越感，希望通過激發大中華的文化自信力，來喚起人們必勝的信念。同時，在世界第二次大戰的背景下，由於抗日戰爭並不是孤立的局部戰爭，而是世界反法西斯戰爭的重要組成部分，文化界的有識之士充分認識到輿論宣傳的重要性：要喚起世界人民對中國抗戰的瞭解、同情和支持，中國文化必須「走出去」，面向世界宣傳中國抗戰和中華民族精神。因此，在經歷了一個循序漸進的認識與實踐過程後，戰時文藝全面向外輸出和宣傳，逐步成為中國文藝界一種共識。

「文章出國」是爭取國際援華的現實需求

最早認識到文化「走出去」的必要性和緊迫性的文化人是王禮錫先生。他是一位卓越的詩人、愛國主義戰士和國民外交家。中國抗戰爆發後，在中國人民遭受帝國主義強權蹂躪之下，時在英國的王禮錫奔走呼號，呼籲世界人民對中國抗戰的理解和支持。經過兩個月的奔波努力，終於與國外愛好世界和平的進步人士一起於 1937 年 9 月 23 日組成了「全英援華運動總會」。10月初，王禮錫與夫人陸晶清在倫敦倡導發起，與向達、錢歌川、陳廣生、楊憲益、李泰華、李儒勉等 20 人集資創辦了《抗戰日報》，王禮錫任總編，陳廣生任執行編輯。報紙主要摘譯各國通訊社有關中國抗戰的電訊，傳遞來自中國的抗戰消息，評述中日戰爭形勢，報導英國人民和廣大華僑的援華活動，每天出版 1500 份，當時在倫敦、曼徹斯特、利物浦、邦茅思等主要城市都有發行，產生了較好的反響。之後，王禮錫又赴英國各大城市巡迴演講，每到一處，演講一處，同時散發他在英國出版的《今日之中國》一書和《中國畫冊》，前後將近兩個月。他用大量的事實揭露日本帝國主義在中國的侵略暴行，呼籲英國人民行動起來，積極開展援華活動。

1938 年 2 月 12 日，經王禮錫和當時在英國的中共代表吳玉章等人共同努力，促成來自 30 多個國家和 20 多個國際團體的代表參加的國際援華大會成功召開。會上通過了「制裁日本，援救中國」的六條決議。和平大會結束後，在王禮錫的努力下，2 月 21 日到 27 日，又在英國舉行「中國周」活動，掀起了新一輪援華行動。這場盛大的宣傳活動，收到極大的成效，英國的個人捐款達到 20 多萬英鎊，各種救濟物資和藥品數量大增，源源運回國內。特別是王禮錫憑個人關係，與印度國大黨領袖尼赫魯，印度駐英代表孟囊等人聯絡溝通，促成了以著名醫學博士阿陀為首的印度醫療隊援華，在中國抗戰最艱難的時刻，雪中送炭。「盛大的援華制日大會，議決了許多幫助中國抗戰和制裁日寇侵略的辦法。吳玉章回國後曾說這次大會「王禮錫先生起了很大的推動作用，他替祖國的抗戰作廣泛的國際宣傳的功績，是不能埋沒的。」〔註1〕

這場抗戰時期最初的文化「走出去」的活動大大鼓舞了中國文化人的信心。也使中國文化人認識到對外文化宣傳的重要性。1938 年 3 月 27 日，全國

〔註1〕吳玉章的評價轉引自：潘頌德：《論抗戰時期的王禮錫》，《六盤水師專學報》，1995 年第 2 期。

文藝界抗敵協會正式成立並通過《告全世界的文藝書》，這份重要的宣言，特別提到了在倫敦舉行的國際反侵略運動大會上，杜威、愛因斯坦、羅素和羅曼·羅蘭等國際文化名人通電號召全世界人民抵制日本，援助中國的事實。這些國際援華行為帶給中國人民抗戰的信心。因此，全國文協成立後，一開始就以國際視野將抗戰文藝納入到世界文化交流的範圍中去。1938 年 12 月，《抗戰文藝》第 3 卷第 3 期發表一組文章強調中外文藝交流的重要性，其中《翻譯抗戰文藝到外國去重要性》（蓬）、《關於翻譯作品到外國去》（猛）涉及到以中國文藝作品對外譯介和輸出的重要性。

1938 年 10 月 1 日老舍和郭沫若聯名寫信，熱情洋溢地邀請王禮錫夫婦回國參加抗戰宣傳。王禮錫立即響應。1939 年 1 月 25 日，剛剛回國後的王禮錫顧不上回家看望，就在文協的茶會上報告了歐洲文藝界同情中國抗戰的情況。根據其在對外宣傳中切身經驗，說明中國的抗戰是世界反法西斯戰爭的一個部分，要喚起世界人民對中國抗戰的瞭解、同情和支持，必須以文章出國，在世界範圍進行宣傳和交流。王禮錫寫了《「文章」謠四章》：文章下鄉，文章入伍，文章游擊，文章出國。以詩的形式喊出了這幾個口號。〔註2〕

1939 年 2 月 2 日，在第二屆第一次文協理事會上，決定成立「國際文藝宣傳委員會」，指定由王禮錫、戈寶權、徐仲年、胡風為籌備委員，王禮錫召集會議，立即展開國際文藝宣傳活動，將抗戰宣傳擴大到全世界範圍。〔註3〕在第二屆文協理事會後的不同場合，王禮錫繼續宣傳中國抗戰文化走出去的必要性。不停地呼籲將抗戰作品譯介出國，讓全世界更清楚、更直接瞭解中國的一切。在文協國際文藝宣傳委員會的首次談話會上，王禮錫熱切地提指出：

> 我們是一支用筆來作戰的隊伍，用筆來揭露侵略者的暴行，拆穿侵略者虛弱的本質，用筆來歌頌同胞們的英勇鬥爭、光榮犧牲，以鼓舞人們的鬥志。我們所創作的來源於抗戰。活生生的、生動而又形象的作品，是進行國際宣傳最好的、目前也是最缺乏的材料。我在這裡冒昧地提出一個「文章出國」的口號。〔註4〕

〔註2〕此詩在王禮錫獻身於抗戰後，以手跡的形式刊載於《文壇》1942 年第 7 期。
〔註3〕文天行：《中華全國文藝界抗敵協會大事記》，《中華全國文藝界抗敵協會史料選編》，四川省社會科學出版社，1983 年，第 412 頁。
〔註4〕顧一群等著：《王禮錫傳》，四川大學出版社，1995 年 9 月，第 214 頁。

這次會制定了系統介紹中國抗戰文藝的具體計劃，同時也大力譯介世界反法西斯文學的作品。文協還加聘林語堂、謝壽康、肖石君為駐法代表，熊式一、蘇芹生為駐英代表，肖三為駐蘇代表，胡天石為駐日內瓦代表。負責「文章出國」的宣傳。

這些口號得到文協理事會成員的高度認同。1939年4月9日，文協在重慶舉行週年紀念大會，其中「文章下鄉、文章入伍」在《新華日報社論》作為口號，響亮地提出來了。而「文章出國」雖沒有在社論中直接提出，但其意義在其文章的「四點建議」中得到明確地闡述，社論指出：「在偉大的民族抗戰中，我們需要有更偉大的文藝創作，真正能反映現時代的中華民族的英勇鬥爭；同時也需要更能暴露日寇殘暴行為的創作，在世界人士前面更深刻的公布出來。」〔註5〕這三個口號的提出，實際上指出抗戰文藝的發展和努力方向。對國內而言，「文章下鄉、文章入伍」主要解決將文藝作為動員中國所有力量進行抗戰的武器，如何大眾化的問題，而「文章出國」則是解決將文藝作為輿論載體，如何贏得全世界愛好和平的人民的理解、同情和支持的問題。

事實上，「文章出國」的實際工作，文協在1938年12月初就開始了，為了更真實地反映當時「文章出國」的經過，現將當時文協出版部《出版狀況報告》摘要如下：

　　首先，由出版部與蘇聯塔斯社社長羅果夫先生交換意見；據羅果夫先生表示，蘇聯各報章各雜誌都非常願意經常刊登中國的抗戰文藝作品，尤其歡迎關於中國抗戰文藝運動的報告。接著，也由出版部和蘇聯對外文化協會駐華代表郭瓦涅夫先生商談，也得到滿意的答覆。決定除經常翻譯中國抗戰文藝作品交塔斯社轉蘇聯各報章雜誌刊載外，並有系統的籌備一個中國抗戰文藝專號，由《國際文學》雜誌同時用八種文字出版。

　　其次，是在英美方面進行「文章出國」運動。

　　馬爾離開漢口後，本來就在香港與美國書評家 Bnown 先生合作，翻譯中國的抗戰文藝給英美各雜誌。現在出版部就委託馬爾以全力有計劃的介紹中國抗戰文藝到歐美各國去。截止目前為止，已有一個中國抗戰小說選在英國付印，至遲本年六月間可以出版。一

〔註5〕《用筆來發動民眾捍衛祖國——紀念全國文協成立一週年》，《新華日報》，
　　　1939年4月9日。

本抗戰詩選美國付排。一本世界語的中國抗戰文藝選集，在匈牙利
出版，用文協名義發行，最近就可以印刷出來。還有一本中國戰時
戲劇選，正在翻譯中。至於在歐美各雜誌上，最近是常有中國的抗
戰文藝登載的；即如英國新進出版的叢書性質的文藝刊物，《新作
品》Wew Wuiting 上，就有著一篇中國作家的小說。〔註6〕

　　上述報告，只是「文章出國」的開端。事實上，「文章出國」還不止上述
成果。據統計：蘇聯國家文藝書籍出版局在 1938～1939 年的兩年中，竟推出
中國抗戰文藝作品和書籍 50 餘種，銷售量達兩億餘冊。〔註7〕中國世界語者
分別在上海、廣州、漢口、香港發行《中國吼聲》《新階段》《東方呼聲》《遠
東使者》等。《遠東使者》是一份直接向歐洲、美洲發行的綜合性刊物，雖然
它只有四十頁的版面，但以不妥協的反對日本帝國主義侵略和反對國際法西
斯主義而享譽世界語界。曾被世界銷售量最大的週刊《世界語使者》稱之為
「恐怖時代的文獻。」瑞典著名的世界語文學家恩格霍姆和法國、荷蘭等國
家的讀者也都曾來電或致函向它表示敬意。〔註8〕除文學界外，音樂界、戲劇
界也發起「出國」的行動，第一次出國義演的是由武漢各大學教師、學生組
成的「武漢合唱團」。他們於武漢淪陷前夕出國，從新加坡，到印度，再到英
國和美國，將《滿江紅》《打回東北去》《玉門出塞》《長城謠》《歌頌八百壯
士》《最後勝利是我們的》等一大批愛國救亡歌曲唱遍了大西洋兩岸，所到之
處均受到當地人民的熱烈歡迎。上海戲劇界救亡協會戰時流動演劇二隊和廈
門兒童劇團又先後到東南亞各國宣傳義演，演出的劇目有《保衛蘆溝橋》《民
族萬歲》《臺兒莊之春》《大地劫》《渡黃河》等一批獨幕劇、活報劇。〔註9〕

「文章出國」是對日本侵華「筆部隊」的有力反擊

　　「文章出國」這一口號的提出，還基於嚴峻的文化背景，那就是中日雙
方不僅在軍事上的較量，還有文化上的激烈交鋒。日本政府和軍部在進行軍

〔註6〕　文協出版部：《出版狀況報告》，原載《抗戰文藝》第 4 卷第 1 期，引自《中
　　　　華全國文藝界抗敵協會史料選編》，四川省社會科學出版社，1983 年，第 45
　　　　～46 頁。
〔註7〕　單矞風：《面向世界：抗戰時期之中國進步文化界》，《南方局黨史研究論文集》，
　　　　中共四川省委黨史研究室等編，重慶出版社 1993 年 9 月，第 200 頁。
〔註8〕　鄭大華：《論民國時期的中學西傳》，《吉首大學學報》2005 年第 1 期。
〔註9〕　單矞風：《面向世界：抗戰時期之中國進步文化界》，《南方局黨史研究論文集》，
　　　　中共四川省委黨史研究室等編，重慶出版社 1993 年 9 月，第 199 頁。

事侵略的同時，非常重視為這場戰爭所作的宣傳。日本在世界輿論方面，也不迴避中日文化的同質性，甚至利用這種同質性，以「大東亞共榮圈」、「民族協和」等理論作基礎，來掩蓋其侵華的血腥暴力。他們動員了全部輿論機器，組織作家隨軍進行戰地採訪，以美化這場戰爭，煽動反華情緒，迷惑本國的國民。侵華戰爭一開始，在近衛首相的要求下，就有大量的日本作家在非官方雜誌的派遣下來到中國，從軍進行戰爭採訪，並發回大量戰地通訊報導之類，對中國抗戰軍民進行醜化和誣衊，為侵華戰爭推波助瀾。1938年，正當武漢會戰處在最激烈的時刻，日本內閣情報部門直接指使日本文藝家協會會長菊池寬，組織派遣了以佐藤春夫、片岡鐵兵、久米正雄等22位作家從軍寫作。日本新聞媒體對這批從軍作家大肆宣傳，稱其為遠征中國內地的「筆部隊」。入選「筆部隊」的作家在出征中國前受到隆重的歡送和日本媒體大肆吹捧。之後，日本軍部繼續向中國派遣多名「筆部隊」作家。〔註10〕而且，不僅是文學界，包括美術界、演藝界人士都被動員從軍宣傳，著名收藏家樊建川先生曾收藏到由「實三」創作的銅雕作品，畫面上一個荷槍實彈的士兵居然雙腳將象徵中國的長城踩在腳下。還有一本日本地方性的刊物《大阪每日》，其封面是一位被俘虜的中國士兵在閱讀此刊的中文版。〔註11〕日本「筆部隊」行動表明日本運用國家權力，將日本文學家作為侵華輿論工具，在軍事侵略的同時，以戰爭文學佔據國內外文化高地。

日本「筆部隊」的囂張氣焰，大大刺激了中國的愛國作家們。針對日本「筆部隊」大量反華作品中對中國軍民的醜化與污蔑，中國愛國作家以牙還牙，開始行動起來，組織中國的「筆部隊」進行反擊。詩人臧克家曾提到組織和參加中國的「筆部隊」的原因基於一個重要事實：

> 敵人對我們的進攻，用了多樣的武器，用槍炮也用筆桿。以槍還槍、以筆還筆，軍事化之全為抗戰服務。……野火趙平（現翻譯成「火野葦平」，編者），一個在戰前不為人注意的作家以「士兵與麥」一文。見賞於軍部，變成了紅角，因此名利雙收。「××與麥」的文章，從此層出不窮，造成日本文壇上「××與麥」年。〔註12〕

據查，最早組成中國「筆部隊」應該是1939年4月底在湖北襄樊地區進

〔註10〕參見：王向遠：《「筆部隊」和侵華戰爭》，崑崙出版社，2005年6月。
〔註11〕樊建川編著：《筆部隊》，《抗俘》，中國對外翻譯出版公司，2006年7月。
〔註12〕臧克家：《筆與槍結成一個行列》，原載《大別山日報》，1939年9月30日。

行的隨棗戰役期間，文協第五戰區分會（又稱鄂北分會或襄樊分會）與戰區政治部組織的「筆征」活動，主要由臧克家、姚雪垠、孫陵各率一支小分隊深入到大別山隨棗前線採訪。〔註13〕第一次筆征收穫很大，臧克家欣慰地說「這一次沒有白跑」，雪垠寫了《春到前線》《四月交響曲》，採集了《春暖花開的時候》的材料，孫陵寫《突圍令》和另外一些什麼，我也用生命換來了《隨棗行》和一心囊的詩料。」〔註14〕

緊接著，國民政府軍事委員會戰地委員會成立，要物色願赴戰地的人員去敵後方工作，並以三千五百元經費資助此項活動。恰逢文協總會也在醞釀組織。王禮錫先生主動請纓，身體力行，身兼兩方面的任務，以雙重身份出任團長。〔註15〕1939 年 6 月 14 日，「作家戰地訪問團」共 14 人正式出征，「文協」在重慶「生生花園」為該團舉行出發儀式。周恩來、邵力子、老舍等出席並致勉勵詞。郭沫若為該團授三色旗，陳銘樞向團長王禮錫贈手槍以壯行色。王禮錫在告別詞中稱自己率領這支隊伍為「筆游擊隊」，表示要向世界上為反侵略而捐軀於戰場世界作家學習。而且特別指出奔赴敵人後方的重要任務之一是：「要溝通敵後方和國際作家的聯繫……把中國的消息，尤其是戰地的直接消息向國際作家宣布，把國際作家對中國抗戰的同情告訴我們的戰士，也是我們不敢忽略的責任。」〔註16〕

作家雷石榆將這次壯烈的出征看作是對日本「筆部隊」的有力反擊，他以《中國的筆部隊——獻給戰地作家訪問團》為題，賦詩鼓勵前行的文化戰士：

你們去吧，／英勇的筆部隊啊！／跨過黃河，／泛過萬重山浪，／縱橫華北的原野，／活躍在敵人後方；／舞動你們的筆桿，／頑強的戰鬥呵！／全國人民將睜大著眼睛，／各友邦也將豎起耳朵，／聽著你們的凱歌；／讓寇軍指揮刀下的文化狗，／早點停止荒謬的狂吠吧！〔註17〕

在總會戰地訪問團的激勵下，臧克家、姚雪垠等人在五戰區政治部的支持下又進行了第二次、第三次筆征。他們由襄樊出發，一直走到大別山的腹

〔註13〕吳永平：《五戰區「筆部隊」的三次「筆征」》，《湖北文史資料》第 1 輯，湖北省政協文史資料委員委編，1995 年，第 175～177 頁。

〔註14〕臧克家：《筆部隊在隨棗前線》，《臧克家全集》第 5 卷，第 117～119 頁。

〔註15〕王禮錫：《戰地日記》，《新文學史料》，1982 年第 2 期。

〔註16〕王禮錫：《作家戰地訪問團告別詞》，《抗戰文藝》第 4 卷第 3、4 期合刊。

〔註17〕雷石榆：《中國的筆部隊》，《文藝月刊》19 年第 3 卷第、11 期。

地。他們親自見證了第五戰區部隊抑阻汪政權的建立所進行的「冬季攻勢」。一路的征程中，他們鼓勵熱血青年肩負起抗戰責任。幾位受到感染的青年學生軍寫給他們一封來信中說：「我們都欣幸第五戰區的文化食糧，將因蜂擁而來的我們所敬愛的文化人之努力而鮮艷起來了，然而你們因各種關係逐次離去，我們的希望成為曇花一現，我們又成為一群在暗淡中摸索的可憐人了。」〔註18〕

正是這些青年的鼓勵，使這些參加「筆征」作家在第五戰區政治部的支持下，在桂林成立了「前線出版社」，並於1940年1月15日出版文藝刊物《筆部隊》，為了以擴大鞏固「筆征」的影響。該刊雖然出至第2期即停刊，但其筆征成果有力地展示了中國知識分子具有的民族尊嚴與文化責任感。〔註19〕

「文章出國」是對中外文化交流單向性的救正

對於文協提出的「文章下鄉、文章入伍、文章出國」三個口號，時任國民民政府軍事委員會第三廳廳長，同時又是文協常務理事的郭沫若十分贊成。但他對這三個口號的理解與闡釋，不僅僅著眼於戰時文化宣傳，也不僅限於爭取國際援華陣線的理解與同情，而是站在大國外交的層面，以強烈的文化自覺與民族自信心，以平等交流的姿態強調這三個口號的重要意義。首先他特別指出這三個口號的關聯性，在文協成立紀念一週年的會上，郭沫若站在文化建設的高度，特別指出：

> 提出這些口號並加以實踐，並不僅僅是起宣傳效果，並不僅僅是通俗化的問題，而是為創作紀念碑性建國史詩而努力。「文章下鄉、文章入伍」，使廣大的士兵群眾或工農群眾的生活、心理、言語，正好作為文藝作品的血肉和靈魂。在目前神聖的抗戰中能以這種資料為靈魂與血肉的作品，便是我們所要求的紀念碑性建國史詩。也唯有這樣的史詩，然後才可以真切地做到「文章出國」。〔註20〕

〔註18〕《編者的話》，《筆部隊》創刊號，1940年1月15日，引自李建平編著《抗戰時期桂林文學活動》，《桂林文史資料》第33輯，1996年。

〔註19〕《筆部隊》由孫陵主編，主要撰稿者有巴金、艾蕪、王魯彥、舒群、立波、臧克家、羅峰、姚雪垠、黃藥眠、靳以等。該刊設有論文、譯文、小說、報告、詩、戰地報導、文藝短評等欄目，並出版「筆桿槍桿化與槍桿筆桿化的實踐」特輯。以反映抗戰中的部隊生活為宗旨，致力溝通前方與後方、部隊與地方的文化交流。

〔註20〕郭沫若：《紀念碑性的建國史詩之期待》，《沫若文集》第12卷，第14頁。

　　這些觀點向中國作家指明瞭解和反映文化輸出的重要性，特別強調了文藝創作與時代的關係，強調了作品的高質量，為中華民族偉大作品的出現奠定了堅實的基礎。

　　其次，郭沫若從更長遠的文化交流與發展的目標，來指出文章出國的深遠意義。他說明了文化交流的目的是由於「各個民族的文藝在或多或少的差別上是有他們的獨特的內容和風格的。因而民族文藝的交流可以使文藝形態的多樣化，且更能動地使民族生活交互受其影響而生變革。」〔註21〕在當時戰火紛飛的年代，郭沫若透過戰爭的煙霧，清醒地認識到中外文化交流在世界文化發展多元化格局中的重要意義，其開闊的胸襟和深遠的眼光實在讓我們肅然起敬。正是站在這樣的高度，郭沫若特別指出中國在文化交流中不平衡、不對等的片面之處，他以中蘇文化交流為例，認為「由蘇聯介紹到中國來的作品可以說是洪流，由中國介紹到蘇聯的作品似乎只有一條溪澗。」〔註22〕接下來，郭沫若從作家個人、國家行政部門等不同角度分析了造成這種片面性的原因，並切實地提出改正的辦法和建議。

　　事隔一年之後，他再次以「洪水」與「溪流」的比喻，來強調由中蘇文化交流的不平等和片面性，直率地批評國內一些作家不重視民族文學傳統，對其知之甚少，而一味地效彷外國文學的情形。文章引用詳實的材料，深入分析國外對於中國近、現代文學介紹的缺失，強烈地表達了中國的文化像洪水一樣奔流到蘇聯去的希望。他還以《中蘇文化之交流》的發表引起蘇聯方面的反響為例，說明並不是蘇聯不願意介紹中國的文學，而是我們國內作家和國家政策在這方面的努力和鼓勵不夠。郭沫若提出改變這種片面性以達到平衡現狀的措施：首先是禮尚往來，提高作家的民族的自信心和責任感。同時特別強調在國家政策的層面創作自由和自主，批評文藝高壓和統制政策是「小之壓抑了作家前進的精神，大之損害了國家的元氣。」〔註23〕更可貴的是，郭沫若在這裡描述了文藝界「百花齊放」的局面，聯想到新中國成立後，「百花齊放」口號的提出，韓素音認為是郭沫若的建議。這種說法在這篇文章中得到一定程度的印證。

　　郭沫若特別強調中外文化交流的民族自信心，他以大國臃容的姿態，提

〔註21〕郭沫若：《中蘇文化之交流》，《沫若文集》第12卷，第21頁。
〔註22〕郭沫若：《中蘇文化之交流》，第23頁。
〔註23〕郭沫若：《再談中蘇文化之交流》，《沫若文集》第12卷，第190頁。

出交流的基本原則。在《向蘇聯看齊》演講中，充滿自信地將中、蘇、美、英並列，他說，「我們中、蘇、美、英四大國，是永遠和平的四大臺柱。這四大臺柱要一樣的牢實，一樣的穩定，一樣的均衡，然後將來的和平殿堂才能夠牢實、穩定、均衡。假使這四個臺柱裏面，有一根臺柱，不牢實，不穩定，不均衡，那嗎，將來的和平殿堂也就飄蕩不寧了」。〔註24〕郭沫若還從蘇聯的國家政策中，總結出「多樣統一」的精神，以說明國家的統一和人民的自由的關係。實際上也是國家意識形態的統一要求和文化人創作自由的關係。

作為政治家，郭沫若也清醒地看到「文章出國」的困難，他反覆強調要做好這項工作，並不是文化工作者一廂情願的事。必須有賴於國家政策及相應的組織措施才能完成。當時的世界語學者鍾憲民中也看到個人努力的侷限性，他在《關於文章出國》一文強調，「文章出國，有著和文章下鄉、文章入伍同等甚至更大的困難，僅以個人的努力是不夠的，國際宣傳的□□，應該由文藝界聯絡起來，負擔這個任務，如果有能一種組織，各方面分工合作，那效果一定是大的。」〔註25〕鍾憲民從文藝界整體的組織措施入手，提出了具體的建議。當時官辦或民間文化團體也相繼成立，如文協的「國際文藝宣傳委員會」、軍委會政治部第三廳及文化工作委員會「國際問題研究組」（第1組）、「國際新聞社」、「中外文藝聯絡社」、「中蘇文藝研究會」等等。此外，「中蘇文協」「東方文協」「中美文協」「中英文協」「中印文協」「中捷文協」「中法比瑞文協」等組織也應運而生。後因種種原因，「文章出國」最終沒有在國家政策層面上得到更大力度的推進。特別到抗戰後期，隨著國共兩黨再次分裂，內戰的開始，「文章出國」活動更加失去統一推進的基礎和條件而逐漸衰落。

抗戰時期提出的「文章出國」口號，抗戰文化走出去的實踐，標誌著民族有識之士對於中外文化交流的認識更加深入，與在五四時期單純注重引進相比，中國文化人更多地看到文化走出去對於實現中華民族偉大復興的重要意義，看到世界文化多元化格局中中國文化的不可或缺性。為今天的中國文化出走去戰略提供了許多寶貴的歷史經驗。

〔註24〕郭沫若：《向蘇聯看齊》，《沫若文集》，第13卷，第191頁。
〔註25〕憲民：《關於文章出國》，《文藝月刊》1939年第3卷第8、9期。

二十世紀四十年代郭沫若
對民族文化的話語建構

　　國內長期以來對郭沫若的研究和評價，不外有兩種話語批評形態，一種是站在階級和黨派的立場，以政治價值評判模式，看重郭沫若一生具體的革命實踐活動，把他完全視為無產階級先鋒戰士和優秀的共產黨員，強化作為一個政治家和社會活動家的郭沫若。另一種話語批評則站在自由知識分子的立場，以傳統的道德評判模式，要求知識分子保持道德節操，堅持獨立判斷，遠離主流意識形態。而以此標準要求郭沫若，則有軟骨文人、御用文人之嫌。這兩種批評話語看似大相徑庭，實質上在認定郭沫若是「黨喇叭」這一點上殊途同歸，成為人們評判郭沫若的共同前提。這一闡釋的循環，使郭沫若研究進入一個難以跨越的怪圈。特別是當前，學術界重新掀起對以胡適、陳寅恪、吳宓等一批自由知識分子的肯定性評價的熱潮時，郭沫若日益被學術界冷落乃至遺忘了。有學者甚至言辭激烈地批判道：

　　　　我們今天所以要對郭沫若等人掀起的革命文學運動進行一次「價值重估」，不單是他們寫了一些破爛宣傳品，沾污了文學的尊嚴和文學的神聖性，也不單是他們在一段時期裏干擾了「五四」新文學的正常發展，把文學推上非我化的道路，而且因為他們在整個現當代文學中種下了一個禍根，使文藝家把依附性、工具性人格當作唯一理想的人格。唯一崇高的人格，並按這個人格模式鑄造自己，最後徹底汰除了「五四」以來的民主自由精神，變成了階級、領袖、

社會的工具。〔註1〕

這一武斷的觀點和結論，基於將郭沫若視為「黨喇叭」的基本定位。將郭沫若稱「黨喇叭」，起始於林林的一篇關於東京左聯的回憶錄，其中提及1936年在日本東京時郭沫若對左聯的一句承諾。〔註2〕大概就從那個時候起，郭沫若就被定格為「黨喇叭」的形象。黨喇叭者，傳聲筒也，喇叭與黨的關係，當是亦步亦趨、相依相隨、高舉緊跟的關係；當然，喇叭的意義，也還可做另一解釋，即高聲吶喊、鳴鑼開道之意。若是在前一理解下，黨和喇叭的關係，是主體與工具的關係；若是作後一種理解，喇叭當視為先行者、先驅者。若要對郭沫若的一生作簡單的總體評價，可以說，二十年代的郭沫若，是一個先行者的「黨喇叭」；建國後的郭沫若，是一個傳聲筒式的「黨喇叭」；而二十世紀四十年代的郭沫若所持的話語方式，則呈現出非常複雜的情形，怎一個「黨喇叭」了得！

我國青年學者楊念群在分析我國古代知識分子的特徵時，提出知識分子可分為「教化之儒」和「王者之儒」。這二者的區別，類似於「體制內」與「體制外」的區別，相對於每一個體知識分子而言，不能單純將其歸為其中一類。因為我國傳統知識分子具有「以道抗勢」和「以道附勢」的雙重文化人格。他們可能在某一時期與「勢」保持距離，以「教化之儒」的身份，保持文化價值的裁定權力；也可能在某些時候，受一種使命感的驅使，「以道附勢」，兼濟天下，進入政治體製成為實際操作者。〔註3〕無論是在象徵的，還是在結構的層次上，知識分子與掌權者之間的持續不斷的緊張和矛盾的關係，總是圍繞著這樣的一個問題：當參與一種社會——政治和文化秩序的時候，知識分子的參與和政治權勢者的參與各自都具有什麼樣的性質、規模和相對自主性。而這種緊張、矛盾關係又是植根於他們持續不斷的相互依存之中的。〔註4〕

這一問題對於中國現代文化同樣是一個難題。它的解決對於我們還郭沫若以本來面貌尤其重要。二十世紀初，中國現代知識分子面臨著犬牙交錯的「道」、「勢」關係，其人格表現出非常複雜的情形。除了楊念群提及的兩重

〔註1〕張景超：《歷史的延伸》，《文藝爭鳴》，2002第1期，第10～11頁。
〔註2〕林林：《這是黨喇叭精神》，《郭沫若研究資料》（上）中國社會科學出版社，1981年版，第519頁。
〔註3〕楊念群：《儒學地域化的近代形態》，生活・讀書・新知三聯書店，1997年版，第32頁。
〔註4〕楊念群：《儒學地域化的近代形態》，第36頁。

文化人格之外，五四時期的知識分子也許還可以加上「以道引勢」的文化重任。研究郭沫若在二十世紀四十年代所持的話語方式，除了對既成的「黨喇叭」觀點進行深入探討外，更重要的還可以此為個案，分析政治之勢與文化之道的互動關係，甚至還可以更深刻的窺視現代知識分子在「道、勢」衝突中艱難選擇的心路歷程。

在展開這一論題時，筆者想首先把視野定格在 1941 年。這一年，是郭沫若的知天命之年。這一年，他的事業如日中天，人生躍入輝煌的頂點。在戰時首都重慶，由社會各界知名人士（其中既包括黨的領導者周恩來，另外有陽翰笙、馮乃超等，也包括國民黨要員張道藩、潘公展、陳布雷）在內共 50人，發起了為郭沫若五十壽辰和創作 25 週年盛大慶祝活動。新華日報開闢專刊，用整整三個版面來報導此次活動。與此同時，在桂林、成都、香港、延安、新加坡等地也同時舉行了盛大的紀念活動。在重慶紀念會場上，如椽大筆高高樹起，彰顯著郭沫若為民族文化做出的巨大貢獻。這是他獲得文化界最高讚譽的象徵。從此他被公認為民族文化的形象大使，一個奔走於國共兩黨之間，相告於國內國外的公眾人物。就在祝壽期間，有人已在歎息：「近來已不常聽見這個民族歌手的號音。而代替這種號音的，卻是滔滔的主席致詞以及上下古今的講演。」〔註5〕郭沫若的戰友李初梨似乎更理解郭沫若的志向，他說：「他終極的目標，不是僅僅反映現實或解釋世界，而是要盡一切可能去直接參加改造世界的活動。提起筆來做文藝活動或研究學術，對於他誠然是重要的，然而在他這僅是參加改造世界實踐活動的一方面或其準備工作，可能時一方面提筆一方面參加戰鬥，必要時他這支如椽之筆隨時都可以『投』的，事實上他已是『投筆』兩次了。」〔註6〕這一番話看起來似乎圓滿的回答了上述疑慮。事實上李初梨說郭沫若「投」筆從戎是不確切的，他應是「握」筆從戎、從政。而且，若沒有在此之前的握筆生涯和輝煌成就，他的從戎、從政就沒有深遠的文化意義。郭沫若以知識分子的身份參與時政，這一行動應該被理解為文化精神對政治權威的直接介入。

西方知識分子具有「吾愛國、愛民，吾更愛真理」的勇氣，他們的入世

〔註5〕千：《給郭沫若一頂桂冠》引自曾健戎：《郭沫若在重慶》，青海人民出版社，1981 年版，第 29 頁。
〔註6〕李初梨：《我對於郭沫若先生的認識》，引自《郭沫若研究資料》（上），中國社會科學出版社，1981 年版，第 76 頁。

參政可以和純粹學術探討相對獨立分離。但在中國，不管古代還是現代，中國知識分子與西方知識分子相比，最突出的特徵就是從事學術的現實功利性。中國知識分子不懈的追求著由「邊緣」向「中心」的移動，希望依賴正統君主，在合法的政治權力支持和正統的文化之道的支撐下實現自己的政治抱負。反過來說，入世從政又必須有「道」的信念的支撐，在選擇以政治行動來改造世界時，必須還要從文化層面上去解釋世界。否則，自己也無法平伏「亂黨賊民」的犯罪感。所以，當流亡日本的郭沫若聽說被國民黨政權諒解，並邀請回國參政時，他毅然拋妻別子，以圖大業。回國之後他面臨著遠比古代「道、勢」關係更為複雜的局面。首先是生死存亡的民族矛盾，另外又潛伏、存在著三種「勢」的走向：既現存的半封建半殖民地政體、西方資產階級民主政體、無產階級社會主義政體。與此相應，也存在著三種「道」：封建傳統文化之道，現代的民主科學之道，無產階級革命文化之道。這三種「道」除第一種是國粹外，其餘都是從外引進的文化之道，還需要將其中國特色化。特別是無產階級革命文化，從理論到實踐都還處在星星之火的階段。而且，上述「勢」與「道」的關係複雜糾纏且變動不居。中國兩種政治力量還雌雄未決。因為當下的民族危機又不能公開作雌雄之爭。在此情況下，知識分子在其中的選擇尤為艱難。郭沫若不可能單純的「以道附勢」或「以道抗勢」。他另闢蹊徑，「以道引勢」，主動承擔歷史使命。

此時他面臨著來自兩方面的「勢」，一方面是國民黨政權想利用他在國內和日本的影響，讓他作公開的喉舌，同時暗自準備為蔣介石與日本人的周旋留一條後路。另一方面，郭沫若任國民黨政治部第三廳廳長，又是共產黨精心安排的結果。當郭沫若擔心活動不自由和青年不理解，想拒絕這一職務時，是周恩來和黨內同志說服他，要從國民黨的政權中擠出一道縫隙。〔註7〕而1941年那次隆重的紀念會，正是中共將郭沫若推向文化領袖地位，以此來控制統戰領導權的一次重要活動。會前，「陽翰笙受周恩來委託，起草南方局通知成都、昆明、桂林、延安和香港等地黨組織的一份電報，說明開展慶賀郭沫若創作二十五生辰活動的意義、內容和方式等。」〔註8〕在重慶空前盛大的紀念會上，周恩來親自發表講話，將郭沫若尊為「新文化運動的主將」，定位

〔註7〕郭沫若：《洪波曲》，人民文學出版社，1979年版，第19～20頁。
〔註8〕盧正言：《郭沫若年譜簡編》，《郭沫若研究資料》（上），中國社會科學出版社1981年版，第59頁。

在繼魯迅之後文化戰線上又一面光輝旗幟的角色上。

上述兩種「勢」的合力，把郭沫若推到了抗日文化統一戰線領導者，民族文化代言人的位置上。此後，他一直以無黨派人士的身份從事政治活動和文化活動。這種情況一直持續到建國後很長一段時間，基本決定了他後半身的基本身份和面貌。1958 年，儘管他又公開重新入黨，事實上，共產黨仍然還是把他擺在這樣的位置上的。有學者籠統的把郭沫若與周揚相提並論，是有失公允的。應當說 1941 年的壽辰和創作紀念會，是一個標誌性事件。這意味著從此他以公眾言說代替了個性化寫作；激情浪漫的文化人讓位於浪漫激情的政治家。此種轉變，在很大程度上是國內政治發展的大勢所趨，並不僅僅由他個人的選擇所決定。

任何事物的轉變都有一個慣性作用過程，郭沫若也不例外，此時的他，仍然保持著開時代雄風，引領民族文化的英雄氣概。他骨子裏仍然是知識分子，公眾人物的身份也並不能完全代替個性化的思考。他在入「勢」時，必然會選擇一種「道」。筆者感興趣的是，這一時期的郭沫若，會以什麼樣的「道」來引「勢」呢？儘管他最早倡導革命文學，但真正深入骨髓的，還是五四話語方式根深蒂固的影響。事實上他在二十世紀二十年代建構無產階級文化理論文化資源，基本上來自五四新文化的觀念範疇。郭老以社會進化論與文化啟蒙的兩重視角來展開對革命文學合理性的闡述，與梁啟超以文化啟蒙來引導政治革命的思想如出一轍；與胡適以進化論說明文字改革的必要性的理論預設也是一致的。在《革命與文學》中，郭沫若舉出歐洲法國大革命之前出現盧梭、伏爾泰；俄國革命之前出現許多大文豪，來印證文化是革命的先驅這一命題；又以社會進化的觀念推論社會在不斷革命，文學是社會的產物，文學也應永遠革命，而永遠革命的文學就是革命文學。這樣，郭沫若以文以載道的觀念，將文學的革命替換成了革命文學。1930 年，郭沫若在《文學革命之回顧》中自省當時的轉換，「也是自然發生性，並沒有十分清晰的目的意識。（這個目的意識是規定一個人能否成為無產階級真正的戰士之決定的標準，凡擺脫不了這個自然生長的意識的，他不自覺的會退出革命戰線。）」〔註9〕儘管郭沫若當時主要是以五四文學革命的話語方式，而不是以真正的馬克思主義的觀點來構建革命文學理論，但他提倡革命文學的強勁姿態，給中國

〔註 9〕郭沫若：《文學革命之回顧》，引自《郭沫若研究資料》（上），中國社會科學出版社，1981 年版，第 261 頁。

文壇帶來革命性，顛覆性的力量，使本來動盪的文壇更加呈現出百家爭鳴的局面。為以後革命文學佔據主導地位，甚至在建國後一花獨放，起到了開拓奠基的重要作用。

事實上，在為革命文學呼籲吶喊、鳴鑼開道之後，郭沫若並沒有繼續從事革命文學的理論與實踐。流亡日本，與國內火熱的革命活動疏遠隔絕，使他無法寫出純正的無產階級文學作品。抗戰爆發後，他從日本回國主持國民黨政治部第三廳的宣傳工作，既是蔣介石政權對他有所「藉重」，而中共又把他作為楔子插入抗日民族統一戰線。因此，他戲劇性地成為全民文化而非革命文化的代言人。這一身份使他處在雙重的尷尬中：作為革命的知識分子，他應該成為「黨喇叭」；但按照黨的指示，要扮演好抗戰文化統一戰線的領導者，他又不可能從黨派和階級的立場去宣傳黨的文藝路線與理論。正是在上述前提和背景下，郭沫若唯一能選擇的就是當時雙方政治勢力都認可，自己也贊同的五四新文化的話語，來進行民族文化建設。

抗戰後期，中國共產黨已經將無產階級文化建設提到建國方略的日程上來。毛澤東注意到建立新中國需要的文化基礎，著手在五四新文化範疇的基礎上對其改造，來規劃無產階級文化戰略的基本框架。沿著五四新文化提倡「大眾化」的方向，毛澤東將大眾提升到歷史和時代主體的地位；同時知識分子成為毛澤東文化視野的中心問題。毛澤東充滿信心，認為「我們的黨和軍隊已經造成了中堅骨幹，有了掌握知識分子的能力的有利的條件」。〔註10〕

毛澤東對知識分子作為啟蒙精英的既定角色進行改造的基本策略，就是對知識分子重新定位，首先把知識分子與工農群眾分離為不同的階層，然後在統一戰線層面上提出對知識分子的依靠。這樣知識分子在革命中主體地位消失了。在《五四運動》《青年運動的方向》中，毛澤東開始反覆強調知識分子必須與工農民眾相結合，這是區分革命或不革命或反革命的最後分界。《在延安文藝座談會上的講話》中，毛澤東再次反覆強調知識分子必須經過長期甚至是痛苦的磨練過程，把立場移到工農這邊來，移到無產階級這邊來。要以魯迅為榜樣，甘做無產階級和人民大眾的「牛」。這樣毛澤東成功的顛倒了五四時期確定的啟蒙者和被啟蒙者的關係，對知識分子和大眾的關係進行了全新的詮釋。

〔註10〕毛澤東：《大量吸收知識分子》，《毛澤東選集》第 2 卷，人民出版社，1991 年版，第 618 頁。

　　另外，毛澤東淡化了五四新文化核心之一的民主意識。在《新民主主義論》中，毛澤東著重強調了新民主主義的文化是「民族的科學的大眾的」，而「新民主主義的文化是大眾的，因而是民主的」。〔註11〕這樣，毛澤東巧妙地將五四文化關於民主的文化置換成大眾的文化。避開了對五四新文化民主精神的論述。這顯然是出於對中國共產黨將要奪取政權的歷史使命的考慮，出於「革命是暴動，是一個階級推翻一個階級的暴力行動」的殘酷現實的考慮。

　　客觀上講，郭沫若當時並不是黨在文化方面的重要領導，加上他是在國統區進行文化工作，與解放區是兩條不同戰線，所以儘管有周恩來同志的具體指導，有《新華日報》傳遞的一些信息，但對於毛澤東的文藝方針政策及意圖瞭解的並不十分及時和透徹。毛主席在《延安文藝座談會上的講話》直到 1944 年才正式傳達到重慶文藝界。這樣就造成了郭沫若對民族文化發展方向的論述與黨的文藝方針政策的某些錯位。

　　這一時期，郭沫若關於抗戰文化與民族文化的論述在兩個方向上展開：一是關於民主文化的呼籲，二是文化建國理想的訴求。就在毛澤東《新民主主義論》發表的第二年，郭沫若發表了《四年來之文化抗戰及抗戰文化的》的重要演講，這篇演講在總結了我國抗戰文化取得巨大勝利的同時，指出今後我國的文化運動發展的方向是合民族的原則，合民主的原則，合科學的原則，合大眾的原則。與毛澤東在《新民主主義論》中的提法有較大差異的是關於民主的原則。郭沫若以較多的篇幅論述了民族文化必須合民主的原則，「必須是反封建，反專制，主張思想自由，主張民主政治，民主生活，民主作風的文化。」〔註12〕以後，特別在抗戰即將勝利的最後時刻，中國面臨即將誕生一個什麼樣的新生政權時，郭沫若意識到建立民主政權的迫切性。他的一篇重要文章《民主戰爭和民主文化》全面論述了民主與反法西斯戰爭，民主與保衛人類文化，民主文化與民族文化的關係及其重要意義。充分揭示了民主文化的內涵，郭沫若說：

> 反法西斯的民主文化，其具體內容就是反對民族壓迫，反對專
> 制獨裁，反對壓迫束縛人民自由思想的制度與習慣，而主張民主政

〔註11〕毛澤東：《新民主主義論》，《毛澤東選集》第 2 卷，人民出版社 1991 年版，第 706～708 頁。
〔註12〕郭沫若：《四年來之文化抗戰與抗戰文化》，引自曾健戎《郭沫若在重慶》，青海人民出版社，1981 年版，第 325 頁。

治、民主自由、民主精神、民主作風、和民主生活的文化。這種文
化就是要把人類從限制肉體了發展和精神發展的桎梏中解放出來，
而在政治上承認人的存在，尊重人的地位與意見，使大多數人在各
方面獲得自由平等的地位和自由發展的機會，使人盡其用和人盡其
才——這就是民主文化的真諦。〔註13〕

　　郭沫若在各個不同的場合，反覆重提五四課題，以更響亮的聲音呼籲民
主，他認為在我國，「科學的接受未成功，民主的發展在今天差不多才開始發
軔。因而也有人乾脆否認五四運動的成績，甚至於想從歷史上抹去五四這個
紀念。這不用說完全是一種逆流。有這種逆流存在，也正是五四精神之須得
繼續發展下去的一個主要因素。」〔註14〕民主既包括個人主體的自由，同時
也是政體的民主。在談國家教育與青年思想時，郭老強調要使每一個青年熟
悉自由思想法則。養成自由研究的習慣，發揮自由創造的精神。在全國文協
成立八週年紀念會上，郭沫若演講說：「中國還不是光榮獨立的國家，這就是
說，反帝反封建的任務還沒有完成。我還須請『德先生』和『賽先生』來，就
是要完成民主化和科學化。今天的文藝應當比政治民主化，人民要求政治民
主化、軍隊國家化、要求和平。」〔註15〕

　　郭沫若在上述那篇重要演講裏，儘管提出了許多與毛澤東後來《在延安
文藝座談會上的講話》的精神十分契合的重要文藝觀點，如批判的吸收外國
文化，文藝應反映為熱的現實鬥爭的問題，文化為人民大眾服務的問題，普
及與提高的問題等。但因為在國統區進行統戰工作的需要，郭沫若並沒有與
毛澤東在延安提出的主流文藝方針完全保持一致，他在演講中明確提出「我
們的文化任務與政治任務一樣，不僅要完成文化抗戰的工作，還要完成文化
建國」的響亮口號。1945 年政治協商會召開前夕，有記者請郭沫若以無黨派
人士的身份發表對時局的看法，郭老特別提出：國家必須看重文化，學術與
學者，御用文化的思想必須糾正過來，建國才能成功。蘇聯的建國是靠他們
的學術與文化，英美又何嘗不是如此？拿槍桿的武人絕不能建國，古人早有

〔註13〕郭沫若：《民主戰爭與民主文化》，原載重慶《時事新報》，1944 年 1 月 1 日，
　　　　轉引自《郭沫若學刊》，1989 年第 2 期。
〔註14〕郭沫若：《「五四」課題的重提》，《沫若文集》，人民文學出版社，1961 年版，
　　　　第 229 頁。
〔註15〕郭沫若：《文協成立八週年大會講話》，引自曾健戎：《郭沫若在重慶》，青海
　　　　人民出版社，1981 年版，第 424 頁。

「馬上得之，不能馬上治之」的古諺，何況現代國家。但我們今日，學生要遭屠殺，文人貧病交迫。這如何能建國呢？〔註16〕在 1946 年的一次政治協商會上，郭沫若講演說：抗戰時槍桿子要緊，建國時筆桿與學術重要，甚至提出一個引得全場鼓掌歡笑的提議：任上將與少將以上的文武官員，都應出國留學，至少兩年。〔註17〕

　　郭沫若重唱五四民主精神的主旋律，大力倡導文化建國的主張，首先是基於國統區和解放區不同的政治語境。皖南事變後，國共兩黨的矛盾又日趨尖銳。蔣介石政權為防止共產黨趁抗戰之機奪取國內政權，因而大搞白色恐怖，一黨專制，限制言論自由，迫害廣大進步人士，國統區完全成了黑暗的鐵屋子。郭老重提五四課題，以民主文化反對封建暴政，反對專制文化，主要是對國民黨政權針鋒相對的政治揭露和文化批判，無疑有著深刻的現實戰鬥意義。另一個更深層的原因，則是五四新文化科學與民主的基本精神，作為一種帶公理性質的價值觀，已深深的浸入中國現代知識分子的骨髓中，它成為這一代知識分子的追求的至高境界和價值理想。郭沫若也從來就沒有放棄這一夢想。就在 20 年代他大力倡導革命文學之際，也還抒發過他對真正純美文學的嚮往。他認為理想的文藝並不是今日的文藝（革命的文藝），而是明日的文藝，就是超脫時代和局部性的文藝。

　　　　但這要在社會主義實現後，才能實現呢。在社會主義實現後的
　　那時，文藝上的偉大的天才們得遂其自由完全的發展，那時的社會
　　一切階級都沒有，一切生活的煩苦除去自然的生理的之外都沒有
　　了，那時人才能還其本來，文藝才能以純真的性為對象，這才有純
　　文藝的出現。〔註18〕

　　這表明，郭沫若對人生價值的追求，也是一個輪迴，即個性解放之後是社會的解放，社會解放之後仍是個性解放。也就在這篇文章裏，郭沫若暢想著最理想的生活是：

〔註16〕熙：《郭沫若先生——政治協商會議代表訪問之十》，原載《重慶新民報晚刊》，1945 年 12 月 10 日。引自曾建戎編：《郭沫若在重慶》，青海人民出版社，1981 年版，第 452 頁。

〔註17〕《郭沫若擔心歷史的批判》，原載《新民報》1946 年 1 月 9 日，引自曾建戎編：《郭沫若在重慶》，青海人民出版社，1981 年版，第 399 頁。

〔註18〕郭沫若：《孤鴻》，引自《郭沫若研究資料》（上），中國社會科學出版社，1981 年版，第 214 頁。

　　　　我們把純粹的自然科學的真理作為研究對象，忘卻了人世間的
一切的擾亂紛繁，我們的天地是另外的一種淨化的天地。我以為我
們有多少友人都是應該走上這條路來，把自己的一生獻給真理的探
求，我們於自然科學上必有所貢獻，我們大漢民族的文明或者能在
二十世紀的世界史上要求得幾面新鮮的篇頁。〔註19〕

　　所以，抗戰勝利的曙光初現時，本質上是文人氣質的郭沫若幻想著文化
建國，期待著一個言論自由、學術自由的人類春天的到來。誠如老舍所言，
沫若先生是一個五十歲的小孩，永遠是那麼天真、熱烈。儘管郭沫若數次投
入政治漩渦，但仍然保持著做人的純真，坦蕩的心懷。他恐怕沒有想到，他
由激進的革命文學又回到五四文化的立場時，他也就招致了來自左右兩邊的
「千夫」咒罵。就在 1947 年，他在將 1942 至 1945 的雜感、隨筆收編成《沸
羹集》時，就曾感歎這些文章：「不免早已有明日黃花之感，又有些對於未來
的祈願也並未兌現，證明我確實是做了一些白日夢。」〔註20〕字裏行間，那
種熱烈的企盼已成轉眼煙雲的落寞情懷已清晰可見。其實，那年距離沸騰的
抗戰歲月只不過兩、三年。魯迅在二十世紀二、三十年代彷徨於無地的悲哀，
或許郭沫若在更長的歲月中才真正體驗到。

〔註19〕郭沫若：《孤鴻》，引自《郭沫若研究資料》（上），中國社會科學出版社，1981
　　　　年版，第 203 頁。
〔註20〕郭沫若：《沸羹集·序》，《沫若文集》，人民文學出版社，1961 年版，第 3 頁。

思想探源的地方路徑

郭沫若研究中的文學人類學視野

　　郭沫若是中國現代文化史上涉及領域最寬、影響最大、爭議最多的人物。對郭沫若的評價，不同社會群體，不同話語系統的「眾聲喧嘩」，好些觀點表面上針鋒相對。但所操的批評武器實質大同小異，大都運用社會批評或傳記式批評的方法，將焦點集中於郭沫若與時代的關係上，強調郭沫若創作的時代精神或以時代精神闡釋郭沫若。郭沫若研究領域中，研究對象的複雜性和研究方法的相對單一，導致人們對郭沫若的疑惑愈來愈多。因此，要闡釋這一球形天才的複雜性，必須有更多元的視角和方法。與大量非常熱鬧的「向前看」的批評話語相比，「向後看」的文學人類學批評方法在郭沫若研究中悄然湧動，小試牛刀，顯得別具一格。這種方法在闡釋郭沫若在文化態度上既新又舊的現象時，顯示出強大說服力和相對客觀的真理洞見。

　　早在 20 世紀 30 年代，穆木天非常敏銳地看到郭沫若的作品中最現代和最原始的文化因子同時包容在作品中，他說：

> 在詩人的詩作中，因之，有大自然的 Smphony（交響曲），有大都市的萬籟共鳴，有物質文明的讚美，有原始世界的憧憬，有托爾斯泰的禮讚，有近代的形象（汽車，X 光，energy 等），又有神話傳說的形象（鳳凰，女神，Apollo，Poseidon 等），有出世的感情，而又有入世的感情了。這種種的矛盾，正是流浪人小布爾喬亞的心理所產生。異國的流浪的情緒和本國的解放的要求。是在詩人的心理交織也就是大自然的歌曲的黎明期高速度的前奏曲

了。〔註1〕

穆木天將此視作開快車和開倒車的矛盾。他直覺地感到這種矛盾來源於郭沫若泛神論的神秘宇宙觀，他甚至舉出郭沫若的《放步十里松原》這一個非常具有說服力的例證，本來已經觸摸到了問題的核心，可惜他沒有順藤摸瓜，沿著這一思路探幽解密，而是採用當時正在流行的階級分析方法，將郭沫若定性於「流浪者的小布爾喬亞的心理意識」。顯然，運用這一種方法可以解釋郭沫若作品從《女神》向《星空》的情緒變化，卻不能解決郭沫若為何既開倒車又開快車，對立矛盾的形象為何能在詩中和諧共在的問題。

20世紀50年代初，張光年在《論郭沫若早期的詩》中，注意到郭沫若作品中的兩極文化現象。他將郭沫若的巨大獨創性歸因於郭沫若能打通時代與人類文化傳統的關係，將「當下性」與「歷史性」相結合。他解釋道：「緊緊地抓住時代精神而又有獨立地發現新事物的能力，緊緊地依靠人類文化傳統，依靠民族文化傳統而又有開拓的勇氣，這是培養獨創力的條件。」〔註2〕張光年並沒有像穆木天那樣，將郭沫若作品中的現代因素和傳統因素看作是矛盾現象。而認為郭沫若獨創性的標誌，正是他融通時空兩極文化的能力。張光年提醒人們「向後看」，從另一極視角來審視郭沫若與傳統的關係。

20世紀80年代後，好些學者都注意到郭沫若在五四時期與眾不同的文化立場。如在五四時期國內反孔的激進潮流中，郭沫若卻大肆稱頌孔子的偉大人格，並將儒家精神作為中國文化的精神內核。人們一般認為郭沫若當時身在日本，受國內流行話語影響相對較小，因此在某種程度上保證了他的文化立場的獨立性。探討僅僅淺嘗輒止，郭沫若採取這一獨特的文化立場深層原因沒有成為關注的焦點。

21世紀初，劉悅坦先生再次將張光年和穆木天關注的問題重新提出來，劉悅坦追問：《女神》帶給中國現代新詩的到底是什麼呢？如果我們承認《女神》開一代詩風的意義「在於它為中國現代新詩提供了藝術表現的多種可能性，那麼，我們就不能否認郭沫若『泛神』的藝術思維方式在中國新詩發展史上的巨大開創意義——它以思維方式的變革掀起了中國現代藝術創作思維，尤其是新創作思維的革命。它以其情緒性、突發性、逆反性尤其是『互滲』的藝術思維方式突破了中國傳統思維方式的圓滿平衡的封閉系

〔註1〕穆木天：《郭沫若的詩歌》，原載1937年1月《文學》第8卷第1期。
〔註2〕張光年：《論郭沫若早期的詩》，載《詩刊》，1957年1月號。

統。」〔註3〕在此前後的多篇文章中，劉悅坦先生反覆強調了這一基本觀點，認為是互滲思維和返祖意識造成了郭沫若融通古今的能力，試圖從藝術思維的角度來闡釋此種現象。劉悅坦的看法進一步地觸及到問題的實質，遺憾的是他沒有繼續探究原始的互滲思維如何影響了現代作者的創作，而作品又憑藉什麼表達了互滲思維，劉先生沒有在細讀作品的基礎上進行有效的探索，因而在提出的問題和得出的結論之間缺乏有效的過渡。

而原型批評這一方法的運用，則在一定程度上彌補上述遺憾。原型批評強調：民族的思維模式往往積澱在神話和典型意象、情節模式中，這些原型意象承載著集體無意識內容，在歷代文學作品中反覆出現並延續下來。透過對這些原型的觀照，我們就可以觸摸到民族或人類文化中穩定不變的心理和思維要素。因此，通過郭沫若作品中原型意象的分析，就可以抓住郭沫若當代意識與人類文化傳統相續傳承的鏈條。

20世紀80年代初，蕭兵先生運用二重證據考察方法，以文學人類學的角度對《鳳凰涅槃》神話原型進行研究。據蕭先生考證：我國雲南省大理地區的洱源縣一帶就有類似《鳳凰涅槃》的神話乃至事實發生。《水經注‧葉榆河》條、《後漢書‧郡國志》注引《廣志》以及雲南的一些地方志等都記載過類似故事：葉榆縣（今洱源一帶）西北八十里，有一座鳥弔山。每年七八月間，都有成千上萬的鳥兒飛到這裡來，十六七天才停止。當地居民點起火堆，它們就撲到火裏燒死了。……民間傳說，鳳凰死在這裡，所以群鳥來悼念它，所以稱這座山為「鳥弔山」。〔註4〕蕭兵先生認為，古籍記載關於群鳥一年一度集於山上，投火自焚的情形都是記實，這種情形，直到今天還可以看到。至於為什麼會有這種情形，現代生物學也還沒有作出完美解釋。蕭兵先生將田野考察和文獻分析相結合，找到鳳凰自焚，群鳥觀葬這一神話傳說的人類學依據。應該說是郭沫若作品研究範式的重大突破。

沈光明先生的著作《〈女神〉與太陽崇拜》比較系統地用原型批評的方式來闡釋郭沫若早期詩歌創作。他充分注意到太陽這一原型意象在郭沫若詩歌中

〔註3〕劉悅坦：《重識女神》，《華僑大學學報》，2002年第1期。在此前後，劉悅坦在《返祖情結與當代意識——郭沫若精神結構解析》，信陽師範學院學報2002年第2期、《泛神論」與郭沫若的創造性思維》，四川師範學院學報2002年第3期、《「球形天才」與原邏輯思維方式》，山東社會科學2002年第3期等多篇文章中重申了相似的觀點。
〔註4〕蕭兵：《鳳凰涅槃的故事來源》，《社會科學研究》，1981年第1期。

重要作用，並將《女神》與原始先民的太陽崇拜聯繫起來。應當說沈先生的研究在方法論上有突破性的意義，為我們打通郭沫若藝術思維的兩極遂道提供了非常有效的視角。在再現太陽意象的基點上，沈先生將郭沫若與古之屈原和今之艾青一一比校，也有很多新意。他認為，中國文學中太陽意象的出現，往往反映出在歷史轉折時期，人們追求光明，呼喚力量的心理需求。但是沈先生的好些觀點也還有商榷之處，比如沈先生注意到太陽崇拜是世界各地遠古先民的普遍性原始宗教形態。但是在後來的論述中，作者卻將此崇拜看成是楚文化的專利，然後推論郭沫若詩歌表現出來的太陽崇拜主要是戀楚情結所致。而戀楚情結的產生又主要是因為郭沫若喜歡楚文化的代表人物莊子、屈原。在這一基本觀點的籠罩下，作者將郭沫若祖先所涉及到的百越文化及郭沫若本人成長的巴蜀地區，視作泛楚文化區域。這樣，不管是個人審美心理，還是人文環境，就都因為是楚文化中的太陽崇拜，深深地影響了《女神》的創作。〔註5〕

將郭沫若詩歌中表現的太陽崇拜歸因於對楚文化的吸納，這一觀點在推論上有些前後矛盾。既然太陽崇拜和關於鳳凰是太陽火精的傳說是世界性存在，這種崇拜就不應該只是楚文化的專利。就以華夏民族文化而論，太陽神崇拜習俗，在不同文化區域普遍盛行。據學者考證，早在距今 8000 多年前的河南舞陽賈湖遺址陶缸上的太陽紋已見端倪。而後浙江餘姚河姆渡文化骨器上的「雙鳥太陽」紋，陝西華陰仰韶文化彩陶上的「金烏負日」圖，內蒙古敖漢旗趙寶溝文化陶片上的「金雞報曉」圖，浙江餘杭良諸文化玉璧上刻繪太陽紋祭壇上的立鳥圖，乃至《山海經》中的「金烏負日」和「帝俊妻」生日月的神話，都說明我國古代以「金烏負日」為核心的太陽神崇拜習俗，源遠流長，分布廣裏。〔註6〕

20 世紀 80 年代巴蜀文明的代表三星堆和本世紀金沙遺址的考古重大發現，也證實了這一點。三星堆和金沙商周祭祀坑出土以青銅神樹、大型青銅立人像為代表的大量文物，2001 年成都古蜀金沙遺址出土「太陽神鳥」金箔，

〔註5〕沈光明：《〈女神〉與太陽崇拜》，武漢出版社，1998 年版，第 32～42 頁。

〔註6〕青銅神樹是神話傳說中的「扶桑」和「若木」的象徵，也是祭祀活動的中心。大型青銅立人像是太陽神「帝俊」及古蜀先祖的象徵，也是祭祀的主要對象。大量青銅人頭像是古蜀各部族先祖的象徵，也是配列於大型青銅立人像兩側的祭祀對象。那些各種青銅面具當是巫師們在祭祀做法時佩戴的。這裡的商周祭祀坑則是占蜀先民祭祀「日出入」活動的遺存。參見：蔡運章：《三星堆文化的太陽神崇拜》，《中華文化論壇》，2007 年第 2 期。

是古蜀先民太陽神崇拜的產物〔註7〕。三星堆和金沙祭祀坑的重要發現，為我們重新審視中國遠古時代的太陽神崇拜習俗，提供了極為珍貴的實物。

　　而且，沈先生由郭沫若熱愛莊子和屈原，就斷定郭沫若的詩歌中的太陽意象來源於楚文化，也是不太全面的。郭沫若詩歌表現出來的太陽崇拜情結肯定有楚文化的因子的作用，但不僅僅是過去經驗的回憶，直接觸發他詩歌靈感的是對太陽的切身的強烈感受。郭沫若就曾直接地描述著在日本博多灣海邊，太陽給予他的感受：「那時天邊遙遠的西方山頂上正有睡眠著一個太陽，但是已經僅剩半規了。這濃紅的夕陽彌漫天空，像飛灑著的血流。我置身在這偉大的空間，招致了我洶湧澎湃的靈感，我一胸舒暢，我於是口吐出了如下的詩。」〔註8〕因此，談郭沫若的詩中的太陽意象，離不開日本的自然和文化因素。靳明全先生根據郭沫若的自述，結合日本島國的氣候及自然、及文化的深層意念，析出了郭沫若詩歌中太陽意象的日本因素。〔註9〕蔡震先生在研究中特別提醒我們注意：《女神之再生》中，眾女神重新創造的太陽是一位女性神祗；日本盛行太陽崇拜，且太陽神也是位女神，日本神話中創世諸神人都是女性。而且出生在蜀犬吠日之地的郭沫若，在日本博多海灣親眼看見太陽從大海躍然騰起的壯觀景象，一定會激活對太陽的頂禮膜拜，產生與遠古先民相通的太陽崇拜宗教情感。同時在日本也有天狗的傳說，雖然它是一個人形妖怪，不像中國的天狗那樣吞噬日月，但也可以自由飛翔，也是一種惡力的象徵。郭沫若可能也會受此啟發。〔註10〕

　　除了日本影響另外，郭沫若家鄉樂山的地域風貌浸潤也是《鳳凰涅槃》創作心理動因之一。五十年前，郭沫若在日本時，有青年學生問他：「郭先生，你見過鳳凰嗎？郭回答：「沒有，我只聽過鳳凰叫的聲音。」學生又問：「在什麼地方聽到的呀？」郭回答：「在樂山城外的肖公嘴。」又解釋說：「年青的時候，我在嘉定府中學堂讀書，每天只要天剛發白，就可以聽到肖公嘴的鳳凰鳴。」〔註11〕樂山地形如鳳凰，有好些以鳳凰命名的地名，如鳳翔街、撲鳳

〔註7〕金沙遺址出土「太陽神鳥」金箔已由國家文物局正式確定為中國文化遺產標誌圖案。

〔註8〕郭沫若：《自然底追懷》，收入王錦厚等編：《郭沫若佚文集》（上）第229～230頁，四川大學出版社1988年版。

〔註9〕靳明全：《文學家郭沫若在日本》，重慶出版社1994年版第1～15頁。

〔註10〕蔡震：《文化越境的行旅──郭沫若在日本二十年》，文化藝術出版社2005年版第52～62頁。

〔註11〕李華飛：《聽鳳凰鳴》，《四川日報》，1979年6月17日第3版。

島等。撲鳳島，正與郭沫若提及的肖公嘴隔河相望，當地老百姓俗稱太陽島，為什麼鳳凰和太陽稱呼同一地名，這就說明自古以來百姓將鳳凰看作太陽火精的古老信仰的遺存。因此，激活郭沫若內心的太陽崇拜的原始心理意識的並不單純是楚文化因子，而是多種文化因素的合力使然。

　　吳翔宇則進一步對郭沫若作品中的神話原型的現代轉型進行分析。他認為在20世紀初中國文化的轉型期，神話作為是種族記憶的元典，「一方面能為文學家提供創造的知識背景和想像空間。另一方面，在轉型無序、多元的話語格局中，神話資源也應該有現代性的創造和生長，成為合符現代性主流話語、推動新的文化格局形成的「合力」中的一個重要組成部分。」〔註12〕他進一步從神話原型入手，將郭沫若作品中的神話形象歸類於「創世神話」母題，認為神話是激發郭沫若詩性想像、張揚浪漫精神的內在驅動力，也是他的「泛神論」思想形成的一個源頭。作者以《女神之再生》和《鳳凰涅槃》為個案，進行了深入具體的分析，他特別強調了時代變遷和社會需求促使神話原型實現現代性轉換的動力作用。但是他關於民族國家的現代性訴求如何通過神話原型來表達的論述，因為太多主觀推斷，太少的實證分析，顯得有些空泛。依筆者之見，恰好是因為神話作為在每一時代都普遍適用的原型，主要象徵的是穩定不變的文化心理結構和圖示，而不是時代的具體內容。當時的郭沫若主張要毀滅舊有的一切，要創造新鮮的世界，但這新的世界和自我究竟是什麼，他並沒有確切的目標和藍圖。恰好神話原型象徵意義模糊性，巧妙地彌補詩人這一思想認識的缺陷，而使這兩部作品超越了當時的時代，成為整個自然和社會循環規律性的形象演繹。

　　吳翔宇先生還認為，《女神之再生》和《鳳凰涅槃》實際上是一種「創世」的加冕儀式。他提到的儀式由三個層面構成：「一、儀式由一定程序、規則組成；二、儀式是一種意義的展示，具有象徵意味；三、儀式是以「特殊意義的思想和感情對象」為內容的傳播行為。」但他的文章實際上主要從第二個層面闡釋了郭沫若早期作品中延續、化用古代神話，成功地將傳統進行現代性轉換的情況。對於第一層面和第三層面則語焉不詳。

　　筆者曾在《生命盛典的沉醉狂歡——鳳凰涅槃綜論》一文中，從「死而復生」的儀式的形式入手，探討《鳳凰涅槃》在形式上如何模彷原始降神儀

〔註12〕吳翔宇：《郭沫若詩歌的「神話轉型題旨」與文學想像意義——以〈女神之再生〉與〈鳳凰涅槃〉為例》，《鹽城師範學院學報》，2008年第1期。

式的樂舞表演。〔註13〕根據學者的考證：這種儀式的特點之一是通過歌、樂、舞的配合演奏以招致天神地鬼。降神樂舞往往重複演奏多遍，每演奏一遍叫「一變」，遍數越多，就可以招致越遠的神祇或行動緩慢的禽獸神靈降臨，不同的祭禮，降神樂舞的變數不完全相同。一般認為，演奏六遍，龍鳳四靈就會降臨，演奏九遍後，天地鬼神就全部降臨。〔註14〕而「凰」通「皇」，其原義是有虞氏的首領在祭祀時所戴插有羽毛的王冠，後來演變成舉行鳳神降臨的樂舞儀式。《尚書‧益稷》有「簫韶九成，鳳凰來儀」，意思是：簫韶奏到第九遍，有虞氏的首領就會戴著王冠，披著裝扮成天帝的使者鳳神翩然而至。〔註15〕因此模仿這一儀式的《鳳凰涅槃》中的「鳳凰更生歌」中，其歌詞的反覆詠歎就不是多餘的，而是這一儀式要求的必要程序。在這裡，詩歌反覆詠歎並不直接表現意義本身，而是通過所產生的節奏旋律，喚起情緒、製造熱烈迷狂的氛圍，刺激引發情緒的共鳴。在中國古代宗教祭祀儀式中，歌、舞、樂三者通常是結合在一起的。帶有非常強烈的現場表演性，鳳凰集香木自焚的過程帶有很強的舞蹈性；「鳳歌」和「凰歌」又帶有很強的歌唱詠歎性質；「鳳凰更生歌」則主要依賴於器樂的演奏的總體效果。

　　因此，如果從傳播媒介的角度，將人類文學的發展分為原始表演性文學、口傳文學、文字文學和當下的影像文學的話，在某種程度上，郭沫若的詩歌、戲劇作品就是原始表演性文學的迴光返照。他的文學文本既有語言文字的表意性功能，又有非語言交流系統的表演性功能，在他創造的文體樣式中，不僅在內容上將大量神話故事和歷史人物作為其創作的主要題材，而且在形式上也大量借鑒了宗教祭祀歌舞和民間風俗，融合了詩、樂、舞等多種表演性要素，如詩劇《女神之再生》《湘累》《鳳凰涅槃》，還有《屈原》中關於《楚辭‧九歌》的歌舞表演和「叫魂」的民間風俗等。即便是那些沒有表演性情景的詩歌，也是用來吟誦歌唱的，而不是用來閱讀沉思的，如《立在地球邊上放號》《天狗》《兩顆大星》等。這些作品在現場的交流過程中，會強烈地喚起接受對象的情緒，從而產生巨大藝術感染力。張光年當年曾預言：「《女神之再生》《鳳凰涅槃》定能激發起我國作曲家和舞蹈家的靈感和創造性，我希望

〔註13〕陳俐：《生命盛典的沉醉狂歡——鳳凰涅槃綜論》，郭沫若學刊2004年第2期。
〔註14〕張銘遠：《生殖崇拜與死亡抗拒：中國民間信仰的功能與模式》，中國華僑出版公司，1991年版，第296頁。
〔註15〕王維堤：《龍鳳文化》，上海古籍出版社2000年版，第234頁。

將來有一天它們將以舞蹈的形式出現在我國的舞臺上」。〔註16〕今天，如果把郭沫若的作品作為綜合性的藝術文本來研究，還原這些文本全部意義功能，還原文本現場交流的情緒氛圍，就可以看到郭沫若文學文本的典型價值，在於吟詠和表演的藝術氛圍中情感的激蕩與生命沉醉，在於對我們民族整整一個時代的情緒的表達與象徵。

〔註16〕張光年：《論郭沫若早期的詩》，《詩刊》，1957 年 1 月號。

複數的女神：郭沫若的「人民」觀探源

　　郭沫若出版的第一部新詩集，將詩劇《女神之再生》編在集子的首篇，並用「女神」為整部詩集命名，足見這齣詩劇在作者心目中的重要位置。《女神之再生》的基本故事由中國關於女媧神話和共工怒觸不周山的神話點化敷衍而來。在中國古代典藉中，對女媧的神話僅有零星記載；一是見於《說文解字》：「媧，古神聖女，造化萬物者也」。二是《淮南子‧覽冥》記載女媧主要的功績是「煉五色石以補蒼天——始制笙簧」，「搏黃土以造人」。郭沫若作者將這些零星的神話串聯起來，構成戲劇《女神之再生》故事構架。但他並沒有依樣劃葫蘆對女媧神話進行翻譯，而是進行了再創造。其中最有趣的是，他將原始神話中「女媧」這一單數的女神，幻化成了「女神之一」、「女神之二」、「女神之三」及至「其他全體女神」。

　　《女神之再生》對原始神話的改造，表現了郭沫若獨特的世界觀和認識論，在其一生思想的發展中呈現出重要的意義。可以說，這部詩劇隱藏著郭沫若政治思想觀、歷史觀和哲學觀的基本內核。因此重新探源《女神之再生》對古代神話的顛覆性改造，不僅可以真切體驗到《女神》這部詩集毀滅與創造的基本主題，或許還可以更深入地理解制約郭沫若哲學觀念、文藝思想、政治立場的思維模式。

「女神」從哪兒來

　　對《女神之再生》的解碼過程中，首先可以從詩劇關於「女神「誕生的場景描寫中找到突破口。這齣詩劇的場景描寫與詩劇正文本身有著同樣重要的意義。與郭沫若最早的詩劇《黎明》不同，郭沫若對「黎明」一對兒女誕生

之地的描寫，明顯受日本博多灣景色和波堤切利的油畫《維納斯的誕生》啟發。而在《女神之再生》中，女神誕生之地更有中、西方雜陳的因素。作者以詩性的想像，在序幕的場景描繪中突出交待了「女神」出世前的住所，並對此場景進行了大肆的渲染。為了讓大家充分注意詩劇中場景與詩劇正文不可分割的關係，在此將序幕場景全文引出：

> 序幕：不周山中斷處。岩壁立，左右兩相對峙，儼如巫峽兩岸，形成天然門闕。闕後現出一片海水，浩淼無際，與天相接。闕前為平地，其上碧草芊綿，上多墜果。闕之兩旁石壁上有無數龕穴。龕中各有裸體女像一尊，手中各持種種樂器作吹奏式。山上奇木蔥蘢，葉如棗，花色金黃，蕚如瑪瑙，花大如木蓮，有碩果形如桃而大。山頂白雲靉靆，與天色相含混。
>
> 上古時代。共工與顓頊爭帝之一日，晦冥。
>
> 開幕後沉默數分鐘，遠遠有喧嚷之聲起。
>
> 女神各置樂器，徐徐自壁龕走下，徐徐向四方瞻望。〔註1〕

從上述場景描繪中可見，除了詩中「附白」中所引《山海經‧西次三經》中關於不周山場景的描繪之外，郭沫若將故鄉的自然人文環境也融合進來，其中關鍵性的有兩處，一是將長江巫峽的景色與神話中不周山「東望泑澤（別名蒲昌海），河水所潛也；其源渾渾泡泡。」進行融合，二是將長江沿岸眾摩崖石刻造像添加進來，《女神之再生》開端的場景特別提示：「闕之兩旁石壁上有無數龕穴。龕中各有裸體女像一尊，手中各持種種樂器作吹奏式。」於是，長江沿岸、日本博多灣的大海、聖經《創世紀》中的伊甸園景色，甚至於中國民間傳說的王母娘娘的住所融合在一起，構成天地毀滅前的女神所住的「樂園」景象。

這些從「無數龕穴」中走下的眾女神，有無考古學方面的依據？答曰：有。一是離郭沫若家鄉三十里遠的地方一處崖墓石刻造像，對於這處古蹟，郭沫若在《我的童年》中充滿嚮往的回憶到：

> 千佛崖的本身本來已經是很有引力的地方，那如它名目所表示的是在臨河的崖岸刻有許多佛像，雖然並沒有上千，但也有好幾十個。佛像已經是很有年代的，露天地經過了很久的風化，有的面目

〔註1〕郭沫若：《女神之再生》，《沫若文集》第1卷，人民文學出版社，1957年版，第6頁。

已很模糊，有的更連影子都沒有，只剩著一個空的石龕了。〔註2〕

與郭沫若家鄉樂山沙灣場相距不遠的千佛崖就有三處，一是樂山大佛的崖墓石刻造像，這是為郭沫若親眼所見。一是位於樂山市沙灣區嘉農鎮新興村1組的千佛岩。其造像坐西向東。共計24龕53尊。而另一處夾江千佛岩，距郭沫若的故鄉沙灣場大概也是三十多里的距離，是四川境內僅次於廣元、大足、安岳、巴中石刻造像群。石刻分布在青衣江礱懸崖峭壁上，共153龕。2340餘尊，開鑿年代大多數在盛唐和中、晚唐時期。造像窟龕中除主尊釋迦牟尼及眾菩薩外，還有大量人神相混，聚眾娛樂的場面。極富有民間氣息和人情味，其中不乏女性形象，這些女性主要有三類，一是觀音形象，造像中觀音千姿百態，其中的數珠觀音身著無袖天衣，亭亭玉立，飄然欲動，恰是唐代美女的化身；第二類是飛天形象，那就是人們想像的天上仙女形象。第三類是樂伎舞女形象。最突出的是99號、115號、137號石龕，龕內除了阿彌陀佛及二觀音之外，還有各種造像上百個。眾多天人或坐或立。其前各立一隻百寶色鳥，並有一系列舞女樂伎和女供養人，其中舞伎翩翩起舞，兩側各有八名樂伎分別持簫、箜篌、笙、笛等樂器在伴奏。形象生動，姿態優美。和民間傳說中王母娘娘的瑤池仙景極為相似。〔註3〕

郭沫若自傳中提及的千佛岩究竟是哪一處，他沒有特別指明。但是憑著他對於故鄉文化遺跡的深刻瞭解，再加上他天才的想像，這些在石龕中已經模糊不清地眾女神似乎復活在他的詩中。正是這些從「無數龕穴」中的走下的眾女神，直接讓郭沫若在詩劇中創造出「女神一」、「女神二」、「女神三」，還有「全體女神」的嶄新角色。郭沫若將原始神話中孤獨的女媧幻化成眾多女神。而且這些複數的女神演繹了類似西方「失樂園」之後「復樂園」的故事，正是這一點使中華民族的原始神話故事在郭沫若劇詩《女神之再生》中發生了根本性變異。

複數「女神」的創造之因

郭沫若保留並突顯了中國神話的原始內核——女媧是創造之母。近年來，

〔註2〕郭沫若：《我的童年》，《沫若文集》第6卷，人民文學出版社，1958年版，第27頁。

〔註3〕關於夾江千佛岩石刻造像的介紹，參見王祥熙，曾德仁：《四川夾江千佛岩摩崖造像》，《文物》，1992年第2期；另見唐濤，吳曉主編：《建築藝術辭典》，遠方出版社，2006年版。

周汝昌先生從文字學角度進行研究考證後，有一個重要觀點，他認為在中華文明史的發生過程中。傳說中的伏羲和女媧這樣一對搭檔共同創造了中華文明。但伏羲更像是一位務虛的理論者，而女媧更多地是一位務實的實行者。女媧所承擔的創造工作更為艱巨和具體，對中華文明的貢獻更為實在。所謂的「煉五色石以補蒼天」，「搏黃土以造人」是說女媧這位女神，運用大地上的黃土冶練後造人（俑）、造器、造房、造壇，一句話，他開始創造人類生活的各種用具。煉石補天的意思就是搏土燒陶，做成原始簡陋的器材如磚瓦之類，由此大地上才出現一種原始形態的人住的房屋。另外，女媧還是一位藝術女神，他發明了「笙簧」這樣一些樂器。而且這些勞動更多顯示著母系氏族時期的文明特徵。周汝昌先生同時認為：神話中的女媧與民間廣泛留傳的王母娘娘是同源一體的神。〔註4〕

女媧是創造之母的主題，在《女神之再生》中得到充分的展示和強調。郭沫若展開更奇幻的詩性想像，將女媧描述為創造太陽的女神。在詩劇「附白」中，郭沫若還特別列出共工怒觸不周山的神話出自《列子·湯問篇》，而沒有採用《淮南子》中的神話。運用這則神話的意義在於說明，女媧創造太陽是在補天之後的又一項偉大的創造。因此，女媧第一次煉五色石以補天，僅是地球文明的創造者，而第二次共工與顓頊爭王位而怒觸不周山之後，女神不再去做修修補補的工作，而是重新創造太陽，而且是在比地球更恢宏的空間進行創造。在這個意義上，女神的創造超越了地球本身，而成為宇宙文明的創造者。而且，如前所述，女神的住地更是顯示出多元文明融合的傾向，因此，女神並不完全是中國的「女神」，而是更廣闊、更宏大的文明的創造者。

其二，「女神」是神明時代的創造者。他曾有一首詩《神明時代》說：

在太古時分一切神明曾經是女性

後來轉變了一切男性都成為神明

神明時代在人類的將來須得展開

人世間中人即是神一律自由平等〔註5〕

〔註4〕周汝昌：《媧皇：中華民族文化之母》，《邯鄲學院學報》，2009年第4期。
〔註5〕郭沫若：《神明時代》，原載1945年3月15日《文藝春秋》叢刊之三：《春雷》，引自王綿厚等編《郭沫若佚文集》（下），四川大學出版社，1988年版，第85頁。

在詩劇中，從神龕走出的女神顯示出破舊立新的氣魄和勇氣，是新世界的創造者。而男性屍骸則被抬進神龕中充當神明。這一細節的創造既有對社會發展規律的隱喻式表達，反映出郭沫若對古代社會由母性氏族時期向父權制社會過渡這一歷史事實本身充分尊重。又是對男權社會種種權威的一種顛覆性的解構，具有極大的諷刺性和挑戰性。

其三：《女神之再生》從原始歌舞劇中獲得靈感，採用了「女神一、女神二、女神三」的獨唱和「眾女神」合唱的原始歌舞的表現形式。這種情形不僅是在《女神之再生》劇中得到表現，在其他詩劇，如詩劇《黎明》《廣寒宮》也得到充分體現。《黎明》取材於亞當和夏娃的故事，但表現形式完全是劇詩，作者在場景描述中一再強調原始太古的森林中新的生命和新的世界的誕生。主要表演者是黎明的一對「兒」、「女」之外，還有一個合唱隊在同聲應和。而《廣寒宮》中的嫦娥，也不再是原始神話那個只與玉兔為伴，悲悲戚戚的寂寞嫦娥，而化作一群活蹦亂跳的「眾嫦娥」姑娘，他們唱著戲謔幽默民歌小調，調侃著道貌岸然的神仙張果老。在郭沫若的筆下，劇中的神仙張果老成為正經古板的私塾先生形象，嫦娥則是不甘被清規戒律管束壓制的一群活蹦亂跳的小孩。《廣寒宮》帶著中國傳統文學中少有的輕鬆和愉快。將樂觀的生活情趣灌注在其中，為中國文壇吹進了一股強勁的清新之氣。

郭沫若一貫主張詩歌應回到生命的源頭，回到文學的源頭，生命的源頭是情緒的表達，文學的源頭就是口頭吟唱，就是節奏，就是音樂性。他坦陳：對於詩歌創作，他一直具有「裂冠毀裳的叛逆」衝動。〔註6〕這種創新的衝動主要是強調衝破詩歌形式的對生命感的束縛。由此他非常認同原始時代的思想與文學表達方式帶給人們的自由感。他主張人們向原始文學學習，因為「古代人類還很年青的時候，愈遠的倒好像愈好。希臘的敘事詩和劇詩，希伯來的《舊約》，印度的史詩和寓言，中國的《國風》和《楚辭》，永遠會是世界文學的寶庫。原因大概是那些作品最貼切到了文學的本質。它是忠實的群體生活的反映，它們和口頭語言沒有多大的距離，簡切了當，教人為善，這些大概就是使它們所以不朽的原因吧。」〔註7〕他一直認為，歌、樂、舞合一的藝

〔註6〕郭沫若：《序我的詩》，《沫若文集》第 13 卷，人民文學出版社 1961 年版，第122 頁。

〔註7〕郭沫若：《如何研究詩歌和文藝》，《沫若文集》第 13 卷，人民文學出版社，1961 年版，第 132～133 頁。

術形式是最適合表達自由生命的形式。他說：「輕視樂與舞，或直徑不解樂與舞的民族，是民族衰老的徵候。年青人是喜歡樂和舞的，年青的民族也是喜歡樂和舞的。」〔註8〕基於原始歌舞藝術充分認同，郭沫若借鑒中外原始文藝，以歌、樂、舞合一的原始歌舞形式創作《女神之再生》一類的作品就不足為怪了。

在中外歌、舞、劇合一的原始表演中，主要表演者和歌隊的配合，是一種普遍採用的形式。中國在青海大通縣孫家寨出土了一隻距今五千多年的彩陶盆，其上的圖案反映出華夏民族最早的舞蹈，它表現五人一組的舞者化裝成群神（或群獸）的表演場面。〔註9〕郭沫若非常喜歡的《招魂》和《九歌》實際上是原始巫歌巫舞的再現，表演者往往是集人、神功能為一體的巫者。著名的希伯來《聖經·雅歌》嚴格說來，也是一齣詩劇。詩中一對熱戀中的「良人」和「女郎」是主要表演者，詩劇中還有耶路撒冷眾女子組成的合唱隊與主要表演者的應答。合唱隊身兼兩重功能，一是作為女郎的好朋友的表演者身份，同時又兼具觀眾的身份，在劇中代表觀眾產生的疑問或感歎與主人公進行交流。這一形式在古希臘戲劇也普遍採用，合唱隊在整個戲劇表演中承擔著重要任務，它本身就是戲劇中不可或缺的角色，同時通過與主要角色的應答對唱，起到豐富劇情、推進劇情向前發展、烘托戲劇氛圍的重要作用，顯示了從原始祭祀歌舞向戲劇過渡的痕跡。郭沫若早期詩劇特別注重對原始歌舞表演形式的模彷，所以出現「眾女神」的形象也是順理成章的事。

《女神之再生》中「女神一、女神二、女神三」的獨唱和「眾女神」的合唱的形式，還形象地演示出郭沫若對世界關係的認識，即一與一切、自我與全體的關係。郭沫若從小喜歡莊子，對莊子齊天地，等生死的觀念爛熟於心。還有《易經》中有關事物「一」與「多」的化合流變關係，再加上留學期間對泰戈爾詩歌及印度哲學、德國斯賓諾莎哲學的吸收，比較明確地形成他的泛神論思想。但郭沫若並沒有從哲學的角度系統地闡述過泛神論，而是將其精髓融鑄於詩歌中，以鮮明的詩歌形象來體現這些抽象的哲思。他找到原始祭祀歌舞這一恰切的形式，非常自然地體現出一與多的關係。在詩劇《女神之

〔註8〕郭沫若：《舞》，引自王錦厚編：《郭沫若佚文集》，四川大學出版社，1988年版，第345頁。

〔註9〕謝長、葛岩：《人體文化：古典舞世界中的中國與西方》，四川人民出版社，1987年版，第13頁。

再生》《鳳凰涅槃》《廣寒宮》中充分地體現著「一切的一，一的一切」，「我便是你，你便是我，火便是他」的流變關係。這種關係，好似孫悟空身上的一根豪毛與無數孫悟空化身之間的關係。在郭沫若的筆下，創造新鮮的太陽的不是獨一無二、至高無上的女神，而是「女神一、女神二、女神三」甚至「其他全體」女神。郭沫若在這齣詩劇中對尼采思想的吸收，主要是毀滅與創造的生命衝動，而不是超人哲學。在五四時期彰顯個性的主流思潮中，「複數的女神」是郭沫若與眾不同的思想表達。這樣的構思強調群體的作用，充分表達出民族思維特性和詩性智慧，也體現出郭沫若不隨波逐流的文化個性。早在1925 年他在《生活的藝術化》一篇演講中，就認為：「天才即純粹的客觀性，所謂純粹的客觀性，便是把小我忘掉，溶合於大宇宙之中，——即是無我。藝術的精神就是這無我。」〔註 10〕1940 年代後，他更加明確地指出「文藝家彷彿如宗教家所幻想出的神明，他須得化一身而為千百億萬身，也須得合千百億身而為一身，在作品上千變萬化。」〔註 11〕

「女神」到哪兒去

郭沫若筆下的複數女神的群體形象的出現，是用一種詩性的表達，象徵著創造嶄新世界的主體不只是一個神或者是至高無上的自我，而是社會群體或者人民大眾。它顯示出作者潛在的一種努力，即消除精英與大眾、英雄與平民的界線，提升民眾在歷史創造中的地位。這對五四時期啟蒙時代中，啟蒙者普遍存在的精英救世、個性主義是一種巧妙的救正。這種獨特的認識和觀念並不僅僅在郭沫若個人思想的發展和轉換中有特殊的意義，還預示著中國社會革命思想轉換的一個重要開端，甚至迎合著 20 世紀世界範圍內「以民為本「的政治思想和社會文化潮流的蓬勃興起。俞金堯先生指出：「人民大眾」「社會民眾」、普通人等說法在不同領域、不同的時代可以做各種不同的理解。深受現實的政治、社會環境、意識形態、文化生活、學術傳統等多種因素的影響，但所有關於「人民」概念的主要涵義都指向非精英的大眾。〔註 12〕在

〔註10〕郭沫若：《生活的藝術化》，原載 1925 年 4 月 12 日上海《時事新報·藝術》，第 98 期。

〔註11〕郭沫若：《如何研究詩歌和文藝》，《沫若文集》第 13 卷，人民文學出版社 1961 年版，第 134 頁。

〔註12〕俞金堯：《書寫人民大眾的歷史：社會史學的研究傳統及其範式轉換》，《中國社會科學》，2011 年第 3 期。

郭沫若筆下,「女神」的形象像孫悟空,拔出一根毫毛一吹,就化身為千百個
孫悟空。郭沫若以超前的歷史敏感,最早在《女神》時期以詩性想像的方式,
在民族群體意識的思維方式的制約下,吸收中外文化因子,加以融會,創造
出複數的女神。從此,郭沫若的思想沿著複數的「神」——到大眾的「們」—
—再到階級的「人民」思想轉換發展。

抗戰時期,在全民抗戰的訴求下,郭沫若以對漢語高度敏感,找到漢語
詞彙中獨特的「們」,以此替代和發展了複數的神,抗戰詩歌《們》就是典型
的代表。在這裡,「們」就是複數和群體,就是不分等級、階級和集團的全體
民眾,就是民族共同體。他述說道:

> 哦,們喲,我親愛的們!
>
> 中國話中有著你的存在,
>
> 我真真是和見了真理一樣的高興。
>
> 我要永遠和你結合著,融化著,
>
> 不讓我這個我有單獨的一天。〔註13〕

郭沫若在動員民眾獻身於抗戰時,在不同的場合反覆地強調把有限的個
體生命融化進無限的民族生命裏去。明顯地看出自我與社會群體、與民族共
同體不可分割,合而為一的特徵。

而在 1944 年,郭沫若又全面系統地提出人民本位的口號,直接將「人民」
推到國家之本、政權之基的主體地位,同時在文學史研究和歷史人物研究中
旗幟鮮明提出人民本位的評判標準。這一階段的「人民」的內涵,區別於「國
民」,更多地具有階級的意味和傾向,更多地指向被壓迫的下層民眾或者無產
階級。

「複數的女神」以詩性想像,成為郭沫若實現「一與一切、自我與大眾、
人與民」之間思想轉換的重要媒介。是理解郭沫若最終走向無產階級革命的
突破口。很多人驚奇郭沫若為什麼能很快的由泛神論轉向無產階級革命。這
種疑問的前提是基於對郭沫若基本思想的一種誤解,以為郭沫若在五四時期
純粹主張個性主義,純粹的崇拜自我。其實泛神論籠罩下的「自我」,並不是
絕對的個體,而是可以隨時化身為千百的集合性概念,不是單數,而是全體。
泛神論和以人民本位的無產階級革命思想既有區別,更有聯繫。區別在於泛
神論是對世界和人與事物關係本質的認識論,而無產階級革命則是政治層面

〔註13〕郭沫若:《們》,《沫若文集》第 2 卷,人民文學出版社,1957 年版,第 5 頁。

的思想觀念，它們之間不存在直接的或線性的轉化關係。但是它們共同受制於民族的群體思維方式，或者說，正是因為泛神論對自我與大眾關係的基本認識，為郭沫若轉向以人民大眾為主體的無產階級革命，奠定了堅實的認識論和方法論基礎。從這個意義上看，《女神之再生》以詩性方式承載了理解郭沫若一生思想發展的重要基因密碼。從這部詩劇開始，他將無名的「人民大眾「推向詩歌的舞臺，即而推向歷史的舞臺。他成為中國現代最早為人民大眾呼與鼓的詩人，最早為人民大眾請命的實際革命家。

郭沫若忠義觀念的家族原型

　　1917年，郭沫若還在留學期間，忽然發現了自己家族中曾經有過的一件驚心動魄的事件，那就是外祖父杜琢章曾在貴州黃平任知州時發生的一件慘烈故事。郭沫若在給胞弟「元弟」（郭開運）回信時叮囑說：

> 　　外祖父杜琢章公事蹟毫無記錄，恐歲月埋滅。吾弟閒居，可請母
> 親口述一遍，詳細記下，母親乳母劉媼事，亦請詳述，請即早示我。
> 　　張二姨父母尚康健否？下城時，在彼處或可探得外祖公遺事一
> 二。外祖人格，細細想來實屬神人之列，不可失傳也。……不識杜
> 家祠中有何記錄否？可調查一二，至囑至囑。〔註1〕

　　郭沫若外祖父杜琢章，號寶田，四川樂山人（一說四川開縣人），咸豐二年（1852年）獲清朝壬子恩科進十第三甲第57名（共取128名），簽分貴州，先任修文縣知縣，後任廣順、龍泉、黃平州知州。咸豐八年（1858年）十月初一，苗民造反，攻入州城。杜琢章恪守職責，報效朝庭，作出「臣死忠、妻妾死節、兒女死孝」的選擇，在守城之戰中全家殉難。對於外祖父的傳奇經歷，郭沫若如此重視，不但叮囑元弟要尋訪記錄，甚至連母族中哪些親戚能提供相關材料，都一一加以提示。一句話，郭沫若一定要讓外祖父的光榮經歷傳之於世。元弟不負眾望，果然按照八哥開貞（郭沫若）的吩咐，通過二姨母和母親的口述，採集到這一傳奇的來龍去脈。於是在郭沫若後來的文章中，這則家族忠烈故事便屢次出現。1924年，郭沫若在福岡寫成散文《芭蕉花》：

〔註1〕郭沫若：《致元弟（1917年1月19日）》，郭平英秦川編注：《敝帚集與遊學
　　　家書》，中國社會科學出版社，第240頁。

較為詳細敘述了這一光榮事件的始末：

> 我的母親六十六年前是生在貴州省黃平州的。我的外祖父杜琢章公是當時黃平州的州官。到任不久，便遇到苗民起事，致使城池失守，外祖父手刃了四歲的四姨，在公堂上自盡了。外祖母和七歲的三姨跳進州署的池子裏殉了節，所用的男工女婢也大都殉難了。我們的母親那時才滿一歲。劉奶媽把我們的母親背著已經跳進了池子，但又逃了出來。在途中遇著過兩次匪難，第一次被劫去了金銀首飾，第二次被劫去了身上的衣服。忠義的劉奶媽在農人家裏討了些稻草來遮身，仍然背著母親逃難。逃到後來遇著赴援的官軍才得了解救。最初流到貴州省城，其次又流到雲南省城，倚人廬下，受了種種的虐待，但是忠義的劉奶媽始終是保護著我們的母親。直到母親滿了四歲，大舅赴黃平收屍，便道往雲南，才把母親和劉奶媽帶回了四川。〔註2〕

散文的開篇，作者並不直接涉及芭蕉花，而是在散漫的回憶中，講述母親家族的身世遭遇，為我們描繪出一幅觸目驚心的忠義受難圖。郭沫若流亡日本期間撰寫的自傳《我的童年》中又敘述了這一故事，並且感歎，小時候母親講起這一故事時，「連我們都覺得很光榮」。外祖父和母親一家，為了忠孝節義，置生命於度外，甚至親手殺了自己的女兒，犧牲得那樣慘烈，可見根深蒂固的文化信念是如何支配著當時的讀書人和從政者的人生觀。如果說郭沫若家族中的多條家訓是「言傳」的話，外祖父的事蹟和人格則是活生生的「身教」。

民國《樂山縣志》〔註3〕分不同的篇章記載了杜琢章全家殉難的故事。民國《樂山縣志》從民國七年（1918）提上議事日程，其後三易其主撰者，最早是被郭沫若稱之為「易老虎」的小學校長易曙輝（字晴窗），次為嘉定中學堂教師謝世宣（字碧岑），後為郭沫若的中學老師黃經華（黃鎔）。關於易曙輝和黃經華這兩位老師對郭沫若的影響，在他的自傳《我的童年》中皆有記載。反之，依郭氏家族在樂山的名望，這兩位老師對郭家當時的歷史和現狀也很

〔註2〕郭沫若：《芭蕉花》，《郭沫若全集》文學編第十卷，人民文學出版社，1985年版。

〔註3〕民國版《樂山縣志》，1934年編成。樂山地方志辦公室2015年重版，其中正文為舊版本影印。

瞭解。因此，郭家母族的忠義事蹟也自然進入了《樂山縣志》而傳之於世。應該說《樂山縣志》中對杜琢章及全家殉難的記載最為詳細，不但敘述了事情的前因後果，且有聲有色，還添加了傳主與友人的對話等許多細節，在史實的基礎上以突出了杜琢章（寶田公）忠君、愛國、愛民的精神：

> 杜琢章，號寶田，樂山縣人，苗匪陷黃平，撫軍檄章攝事，章至，賊走，城內擄掠一空。章搜集散亡，壁壘一新，賊見州有起色，復集教匪苗萬餘，如風雨驟至，公迎戰，眾寡不敵，退守城，矢盡糧歇，城攻益急。十月朔，城陷，公率隊巷戰，被創反署，呼女三姑、四姑，至手刃之。妾史氏，赴水死。公仗刀伏門側，賊入，駢斬十餘人，賊大集環矛刺之，公大罵，鋒刃交加，逐遇害，年四十有三。初章赴黃平時，其友以事屬危急，勸勿行，章曰：緩急皆國事，我擇其緩，誰擇其急者？及難，至友以無援無餉，不如弁城走，章曰：我去如百姓何？因入難。詔贈道銜，子開誠世襲雲騎尉，二女一妾，皆旌獎如例。〔註4〕

樂山縣志《樂山縣志・烈女・貞孝》篇記載：

> 杜三、四姑，貴州黃平州知州杜琢章之女，隨父，任所苗逆破城，琢章賜妾自盡，呼二女前，手刃之。二女延頸，受刃死。事聞贈如例。〔註5〕

《樂山縣志・烈女・義烈》篇載：

> 杜史氏，貴州黃平州知州杜琢章之妾也。咸豐八年，苗逆薄城下，公度城不保，語氏自裁。氏曰「夫功名忠義，照耀人寰，妾豈能受賊污耶！」冠服再拜，自縊，事聞贈如例」。〔註6〕

這個故事被郭沫若和郭氏家族反覆講述。在《郭老杜老夫人死哀錄》中，這個故事再次詳細地寫進了《先妣杜宜人事略》《家祭文》中。大致情節與《樂山縣志》基本相同。由於《事略》主要在於講述杜太夫人的苦難經歷，對於杜琢章與城池共存亡的事蹟沒有展開敘述。

〔註4〕民國樂山縣志：《人物志・忠節》，樂山市地方志辦公室重版，2015 年，第 597 頁。

〔註5〕民國樂山縣志：《人物志・烈女》，樂山市地方志辦公室重版，2015 年，第 653 頁。

〔註6〕民國樂山縣志：《人物志・烈女》，樂山市地方志辦公室重版，2015 年，第 709 頁。

以上《芭蕉花》《樂山縣志》《先妣杜宜人事略》三個文本相比較，有些細節的敘述不盡一致。如《芭蕉花》稱外祖父「手刃了四姨」。《樂山縣志》則演繹出外祖父「呼二女前，手刃之」。甚至渲染出二女「延頸受刀死」的主動行為。妾史太恭人也是從容赴難，「冠服再拜，自縊」。而在《芭蕉花》的講述中，史太恭人是以跳水自溺的方式，一個女兒被父親手刃而死，另一個女兒是跟隨著乳媽溺水而死。可見，《縣志》為了增強杜氏一門忠烈的形象闡釋和教育功能，不惜在細節上大肆渲染出杜氏一家心甘情願為國盡忠，為夫守節，為父守貞的主動行為。

而《先妣杜宜人事略》由於重點在述說郭母杜氏夫人一生的苦難經歷，因此沒有更詳細地敘說杜氏一家赴死的細節，反而增加了兩個保姆臨難前的一段對話：溺水至半時，背負杜么姑（郭母）劉媼勸說背負四姨的宋媼一起逃走。宋媼因為親人太遠，又無法帶著四歲的四姑一起逃，拒絕了劉媼的提議。劉媼則「臨權行變」，背著才一歲的么姑（郭母）一路風餐露宿，歷盡艱辛，撿回一條性命。為了彰顯家族榮耀，這一文本中還特別提到外祖父為國捐軀的忠勇事蹟得到朝庭的旌表和撫恤。「外王考寶田公、外王姑史太恭人，及三姨四姨，於光緒中葉，奉旨入本縣『忠烈』、『節孝』兩祠」。《事略》還提到：「清庭垂念精忠，遺族拯恤，猶歲頒八十金，然給不以時。」〔註7〕

對於郭沫若而言，這是讓他刻骨銘心，永遠不能忘懷的家族榮耀。從他留學日本期間得知此事到四十年代，這個故事被郭沫若一講再講。抗戰時期，他應《兒童月刊》之請，所撰寫的《小時情景二三》中，再一次講述了這個故事之後，評述道：

> 這一段故事，小時候時常聽著母親對我們談起，我自己都感覺著有一種光榮，同時也好像值得誇耀。因為我們的母族是那樣壯烈的一個家庭！這種感化，我看是比任何虛構的故事所能給予的影響，還要來得偉大的。我小時常常這樣想我要學我們的外祖，我要不辱沒我們的外祖。〔註8〕

直到 1964 年，郭沫若再次翻看到這則故事的原始資料時，仍然激動不

〔註7〕郭開文、郭開佐、郭開貞（沫若）、郭開運合撰：《先妣杜宜人事略》，1932 年。樂山市檔案館 1992 年翻印。

〔註8〕郭沫若：《小時情景二三》，原載重慶《兒童月刊》第 14 期，1941 年 3 月，轉引自金傳勝、盧婷婷：《郭沫若佚文輯述》，《新文學史料》，2018 年第 3 期。

已，為此事專門去信麼弟郭開運：

> 翊昌弟：
>
> 今天從幾年前次子博生從日本為我帶回來的一些文件中，翻出了你所筆記的二姨母口述及母親口述有關外祖父母及母親幼年時事蹟，讀之深受感動。母親生在哪一年，你記得麼？望來信見告。我有機會，很想到貴州去看看。天氣已變熱，望保重。
>
> 八兄 沫若
>
> 一九六四、六、三十〔註9〕

忠孝節義，一直是中國傳統文化的官方和民間一致認可的主流價值觀。從地方志編纂的分類便可以看出，郭沫若外祖及家人的事蹟被分別編在「忠節」「義烈」「貞孝」等不同的篇章。外祖杜琢章與城池同存亡，是對朝庭的「忠」；妾史太恭人遵夫之命自盡而死，是表現對丈夫的「義」；可憐的兩個小女兒，服從父命，是保全對父母的「貞孝」。母族全家忠孝節義的事蹟對郭沫若的感化之深，已經融化在他的血液中，落實在他的行動上。抗戰初期，他拋妻別子，秘密歸國參加抗戰，於他而言，外祖父的事蹟早就已經昭示著這種選擇的合理性和榮光。因為這樣的選擇在本質上與外祖父為效忠朝庭和國家的忠義之舉是相同的，犧牲小家是為了保全國家，這樣做才沒有辱沒他的外祖。抗戰時期，郭沫若作為一個公眾人物，正在浴血奮戰中的祖國和民眾都強烈地要求他首先選擇忠於國家，捨棄小家。1939年郭父的祭祀活動中。國共兩黨及社會各界社會名流所送輓聯和祭幛之中，題寫最多的八個字是「移孝作忠」「為國珍重」。因此當時郭沫若悲壯的選擇「毀家紓難」，實際上就是效法家族先輩的忠義行為。

無論如何，郭沫若母族的這一觸目驚心的慘烈事件確實使我們對中國傳統推崇的忠義行為有了具體的感知。抗戰時期，郭沫若擔任了國民政府軍事委員會政治部第三廳廳長後，作為抗戰文化宣傳的領袖人物，他需要大力推行和宣傳能凝聚整個民族同心同德、奮起抗戰的核心價值觀。基於民族危亡的現實，郭沫若不是從黨派的觀念而是從國族的角度，甚至是從最普遍的人倫道德的角度，提取最能喚起民眾普遍接受的精神力量，尋找最能傳達國族精神的文化意象，來幫助祖國和他的人民渡過漫漫的黑暗長夜。這時，長久

〔註9〕郭沫若：《致郭開運》（1964年6月30日），黃淳浩編：《郭沫若書信集》（上），中國社會科學出版社，第78頁。

蟄伏在郭沫若內心的對外祖父一家的忠烈行為感佩之情被喚醒，他希望這一家族故事能成為民眾體認中國傳統忠義觀念的活生生的教材和觸媒，由此更進一步走向對中國傳統文化內核的深刻認識和踐行。

如同天啟一樣，外祖父一家忠義故事使他找到了表現傳統精神力量的原型結構：演繹出了與他抗戰時期六部歷史劇基本類似的人物關係結構。他將這一家族悲劇，置換在中國百姓大眾所熟知的屈原赴水、荊柯刺秦、竊符救趙等傳統故事中，又對其中的人物和事件結構進行嶄新的處理，將之安放在尖銳的時代衝突中，完成了歷史意識的現代化轉換和移填。六部歷史劇都有一個基本框架：一個胸有大義，忠於祖國的男主人公，他們愛國的主張、崇高的人格感化了身邊女性或朋友。為了協助男主人公實現崇高的目標，這些居於從屬地位的男女親友舍生忘死，死而無憾。屈原的女弟子嬋娟，敬佩屈原的政治信仰和愛國信念，堅信屈原的高尚的人格，在南后和張儀合夥陷害屈原之時，在關鍵時刻替先生喝下毒酒，拯救了屈原。《虎符》中的如姬夫人一方面敬佩信陵君「合縱抗秦」的愛國主張，一方面熱愛他寬厚愛人的道德品質，所以當信陵君要她從魏王那裡偷出虎符，發兵救趙時，如姬毫不猶豫地冒死竊來虎符。本來等到魏王發現時，信陵君已經帶兵來到邯鄲，如姬也已逃出宮庭，她完全可以投奔信陵君，但她不願意損害信陵君的聲譽，也不願再做魏王的玩物，於是選擇在父親的墓前勇敢地結束自己的生命。

《高漸離》雖然來源於廣為流傳的荊柯刺秦王的故事，但郭沫若卻將重心放在荊柯刺秦失敗後，好朋友高漸離繼承荊柯未竟的事業，再次行刺的故事。高漸離之所以能在殿上以築擊秦始皇，是因為懷貞夫人幫助他將鉛條放進了築裏。懷貞夫人明知這樣幫助高漸離的結局，但他還是義無反顧地幫助高漸離，他大義凜然地說：「我早就有覺悟的，不管你是成功還是失敗，你總歸是死，我也總歸是死。我已經和你共患難，我還能夠和你同生死，我真是高興，真是高興！」

《棠棣之花》則演繹了聶政的忠義故事。戰國時代韓國丞相俠累是賣國求榮的親秦派。韓國的嚴仲子則竭力主張聯合抗秦。他希望找到魏國的俠客聶政來除掉這個民筆敗類。為此，嚴仲子專門帶了黃金厚禮，趁為聶母祝壽的機會，找到聶政，希望他能夠答應為國除害。聶政當時因踐行「父母存，不許友以死」的孝行，沒有答應嚴仲子的請求，也沒有收下這些黃金。但聶政卻被嚴仲子非同尋常的信任和器重深深感動，覺得這樣一個有地位、有名望

的人能夠賞識他、是自己人生的大幸。待母親去世後，聶政認為是報答嚴仲子知遇之恩的時候了。這時俠累正勾結泰國，陰謀去攻打魏國。聶政趕到淮陽，聽從嚴仲子吩咐，在另一位義士韓山野的幫助下，在東孟會上刺死了俠累及其同夥，然後毀容自殺。聶政這樣做，是為了不連累同胞姐姐聶嫈。

《孔雀膽》仍以忠心義膽為內核。寫雲南平章政事段功和妻子阿蓋的一家如何知曉大義，為正義獻身的忠肝義膽。劇中的第一主角應該是阿蓋公主，她是作者悉心刻畫的真善美的化身，因為擁護丈夫段功關於種族平等，以民族團結為重的不凡見解，敬佩丈夫不計個人安危，善以度人、真誠待人的人格魅力，喜歡丈夫作戰勇猛的英雄氣概，所以他在父親梁王與丈夫段功的艱難選擇中，最終捨身維護正義。在義士楊淵海的幫助下，殺死了陷害丈夫的仇人車力特穆爾，最後自己也服下孔雀膽，殉情而死。本來對於《孔雀膽》的主幹情節而言，阿蓋公主的兩個侍女施繼宗和旄繼秀的存在可有可無，但作者為了加強對忠義行為的演繹強化，使外祖父一家的忠義悲劇更圓滿自足地移植於段功一家的悲劇中，作者使兩個侍女繼宗、繼秀最後也因為忠於自己的主人而服毒自殺。

在郭沫若歷史劇創作計劃中，本來是要把宋末時期四川合川釣魚臺軍民抗擊蒙古侵略者的歷史事件寫成歷史劇的，但是他在 1939 年回樂山沙灣故鄉時，重溫年青時讀過的書籍，找到那冊有第六十四期的《國粹學報》的合訂本。「《阿蓋妃》的詩又重新溫暖了我的舊夢，因而那冊書我便隨身帶到了重慶來。我時時喜歡翻出來吟哦。」〔註10〕郭沫若最終擱置了釣魚臺抗元的題材，而以阿蓋公主的經歷為主要線索，寫成了歷史劇《孔雀膽》。郭沫若為什麼在故鄉讀到阿蓋妃的詩之後，回到重慶隨即創作這樣一部政治意義並不太明顯的歷史劇？為什麼這部戲劇因為此種原因受到人們的批評後，作者幾經修改，想進一步強化時代因素和政治主旨，但戲劇的基本主旨和結構仍然沒有變，那就是以阿蓋公主的貞烈為核心來構置人物關係，寫圍繞於段功身邊那樣一群忠義的家庭人物：貞烈的妻阿蓋、俠義的部下楊淵海，還有那麼一對貞孝的兒女段寶和羌奴，甚至還有待女繼宗和繼秀，這些都似乎對應著當年外祖父全家為忠義殉難的故事。應該說，當他在故鄉沙灣讀到《阿蓋妃》詩後，阿蓋公主的經歷和身世喚起對外祖父一家的忠義悲劇記憶，歷史上段

〔註10〕郭沫若：《〈孔雀膽〉的故事》，《郭沫若全集》文學編，第 7 卷，人民文學出版社，1986 年版，第 257 頁。

功一家的悲劇和他外祖父一家的悲劇是一脈相承的。因此這部劇的創作雖然只用了五天半的時間，實則這個故事在他心中已經蟄伏三十多年了。

《南冠草》雖然沒有象其他五部劇中人物那樣有非常鮮明構成主從（僕）的忠義關係，但是劇中還是強調了家族中前輩的忠義行為對後輩的教育和感化。十七歲的夏完淳之所以能擔負起追求民眾抗清復明的大義，且在被捕後面對誘惑和死亡面不改色心不跳。正如和他一樣的義士劉公旦臨刑前的感歎，頗有夫子自道的意思：

> 你這樣年輕，才十七歲，不僅文章出眾，而且道義超群。這的確是難得。不過你能有這樣的成就恐怕也並不是全靠你的天資，我看你不是得於教養方面的多，令尊彝仲先生道義文章，冠冕人倫，他對於你的愛，對於你的教育，是成就你的主要的根基。你有好的母親，好的姊妹、好的親戚、好的師友，你是周圍都是有節慨、有教養的人。「蓬生麻中不扶自直」。何況你的資質又是英俊不凡呢！〔註11〕

郭沫若抗戰時期的六部歷史劇之所以呈現著父子之間、朋友之間、師生之間、夫妻之間、主僕之間以忠義為內核的原型同構關係，事實上是郭沫若感化於外祖父一家對忠義觀念的踐行，然後將家族故事作為原型，將傳統忠義觀念為中華民族傳統的內核，投射在戲劇人物中，以此來作教育、感化抗戰時期急需覺悟的民眾百姓。

郭沫若的歷史劇雖然都以民族矛盾作為戲劇主要矛盾。但如果揭開時代的面紗，這些劇中都有一個共通精神內核，那就是主人公們所表現出來的「威武不能屈，富貴不能淫，貧賤不能移」的忠義精神，那種忠於信仰、忠於職守的飛蛾撲火般的殉道精神。這種關於忠孝節義的價值追求，是中國文化中更為持久，更為普遍的價值取向，它甚至超越了政治鬥爭、階級分野，成為中國文化傳統中每一個朝代的廟堂和民間都認可的道德情操。忠義的人倫道德觀可以征服一切，甚至自己的敵人，所以在《高漸離》中，主人公擊筑失敗後，戲劇甚至通過政敵秦始皇之口，說出了這樣的話：

> 這一對男女，我要成全他們，高漸離真不愧是荊柯的朋友，懷貞也真不愧是懷清的妹妹。人各為其主。他們是富貴不能淫，貧賤

〔註11〕郭沫若：《南冠草》，《郭沫若全集》文學編，第 7 卷，人民文學出版社，1986年，第 399 頁。

不能移，威武不能屈的人，我要讓他們「求仁得仁」，（向李斯）你
把他們帶下去處死之後，加以厚葬，把他們的忠烈加以宣揚。〔註12〕

在中國歷史上，忠、孝、節、義這一中國傳統文化的內核，似乎一直是無法顛覆的文化價值觀。郭沫若在青少年所受到的家族忠義事蹟的感化和影響，對他一生的世界觀、人生觀的形成是根深蒂固的，這種深刻影響成為他體認中國傳統文化精神力量的重要來源，也是促成他一貫堅守中國傳統文化核心價值觀的動力之一。都說郭沫若一生靈活多變，實際上他一生有好些一直不變的觀念。比如推崇中國中國傳統文化的忠義觀念就始終未變。在特殊的歷史語境下，郭沫若一時一地的政治表態可以是權宜之計，學術見解也可以在以後的深入研究中又自我否定，但是對於傳統文化的傳承和發展，郭沫若是有很強原則性的。充分利用民族傳統精神資源，以傳統文化的核心價值觀為良方，對接時代現實的病症，融通解決時代矛盾，應該是郭沫若一貫的文化追求。

〔註12〕郭沫若：《高漸離》，《郭沫若全集》文學編，第7卷，人民文學出版社，1986年版，第112頁。

廖平的天人學與郭沫若的泛神詩學：
地域傳承中的生態文化觀

　　1932 年，近代經學大師廖平逝世，他的好朋友，學者兼官員的王樹楠為廖平撰寫的《墓表》中，開篇即將廖平置於蜀學傳承的鏈條上加以褒揚：

　　　　四川為西南天險之國，北峙劍門，東扼三峽，連岡疊嶺，中貫
　　　　長江。岷峨、青城、夔巫、玉壘之雄奇，岷雒、青衣、嘉陵、巴瀘、
　　　　大渡之廣衍，山川佳俠，是生偉人。漢之司馬相如、楊雄、王褒、
　　　　嚴遵、唐之李白、陳子昂，宋之三蘇，三張、二范，類皆間出之才，
　　　　咸數十年而一見，或數百年而一見。乃至於今，人才之廖落且千年
　　　　矣，而井研廖季平先生始繼起而承其後。語云，地靈人傑，然亦見
　　　　山川之鍾毓，非偶然已也。〔註1〕

　　的確，在近現代蜀學傳承和振興的鏈條中，不可不提及廖平，他異峰突起，以「非常可駭怪之言論」及治學風格，引起近代經學界的矚目。毫無疑問，廖平以其平分古今的學術觀點，解決了歷史上一直爭論不休的經學難題；以尊今抑古、素王改制的經學二變，為維新變法運動提供了精神理論資源，以此為蜀學爭得了全國性影響和地位。但是從經學三變開始，他構建的「小大之學」、「天人之學」遭到了強烈質疑，廖平在學界的地位每況愈下。有學者認為「廖平的孔經人學與孔經天學的差異表明，他的孔經人學貫注著今文經學家強烈地參與現實的精神；他的孔經天學則是逃遁社會現實的一種表現，

〔註1〕　王樹楠：《井研廖先生墓表》，《樂山文史資料》第 7 輯（廖季平資料專輯），
　　　　樂山市政協文史資料委員會編，1989 年，第 127 頁。

是由「人」向「天」的逃避」〔註2〕

　　但令人驚奇的是，在他之後不幾年，他的樂山同鄉，當時名不見經傳的青年詩人郭沫若橫空出世，以泛神思想作為詩歌的骨架，以另類的面目震驚中國文壇。王樹楠在《墓表》中稱在蜀學傳承的鏈條上，人才輩出，會「咸數十年而一見，或數百年而一見」的預言在郭沫若身上得到了驗證。

　　在地域傳承的鏈條上疏理這兩位學者之間的關係，確實有許多值得探討的話題。在之前研究中，好些學者提到了廖平與郭沫若的相似之處，比如，郭沫若與廖平一樣，都具有推到一時、開拓萬古的氣概，都有為學多變，講才情，重感覺等。〔註3〕稅海模則認為今文經學的治學方法在廖平和郭沫若身上表現得相當突出，比如好翻成案，為學多變，說經放肆等特徵。〔註4〕確實，在治學方法上，郭沫若與廖平治學路徑不謀而合：捨小謀大，重神悟，重想像，為學善變、先信後疑，這些特點都可看作巴蜀學者共有的典型特徵。但廖平與郭沫若的共同之處，並不僅僅在於學術氣質與治學方法的相似，如果更深一步的探究，我們發現，他們之間，其實最為相通的是關於文化理想和人生境界的追求。廖平為學六變的最終結果是想建立天人合一的「天人學」，郭沫若也將自我、社會、自然融為一體的泛神思想作為人生理想。生態文明成為他們關於人生觀和宇宙論的共通理想和審美境界。正是在這一點上的高度契合，才有郭沫若與廖平治學路徑出奇地不謀而合。而治學風格和路徑的相似，無一不是和他們內在的文化理想和審美追求息息相關。

廖平「天人學」建構意圖

　　廖平曾提出治學須先信後疑，嘉定九峰書院的弟子們曾記下他當時的教誨：「讀書要疑要信，然信在疑先……篤信專守，則精熟後，其疑將汩汩而啟……始即多疑，則彷徨道途，終難入境。」〔註5〕此中的「信」，主要應該指文化信仰。許多學者曾批評廖平的經學六變過程中，唯一不變的推崇孔子和孔經，甚至一步步將其推向極端。如果從治學邏輯來講，完全可以斥之為

〔註2〕黃開國：《廖平經學六變的發展邏輯》，《四川大學學報》，1992 年第 2 期。

〔註3〕曾加榮：《在時風和士風影響下的廖平和郭沫若》，《郭沫若學刊》，2009 年第 4 期。

〔註4〕稅海模：《郭沫若、廖平與今文經學》《郭沫若學刊》，1990 年第 4 期。

〔註5〕廖幼平：《廖季平與嘉定九峰書院》，樂山市編史修志委員會編：《樂山史志資料》第 1 期，1982 年版。

荒誕不經。但是文化信仰往往可以不依靠學術羅輯，而是依靠激情。因為對儒家文化為代表的中華文化的固守和信仰，在廖平學術體系中，孔子不是一個單純的歷史人物，而是中國傳統文化的象徵符號。他是要以孔子及其六經為代表，抗拒西方文化對中國文化的同化和吞噬。因此，他不惜將孔子抬高到「素王」的地位，認為孔子不僅為中國文化立法，而且是為世界立法，不僅是為一個時代立法，而且是為世界萬世立法。正是在這個邏輯基點上，才導致了廖平經學六變的學術之途。

六經注我，通經致用，是廖平治學的最大特色。以學術來回應現實問題，以中國文化為中心，來實現世界大同，以增強國人的文化自信，一直是中國文人追求的政治目標，也是廖平治學的基本出發點。按照修身、齊家，治國，平天下的路徑，國運昌盛，天下太平，人類和諧，還只是在廖平所說的人學的範圍。對文化的追求，不僅是現實的政治層面，還有人生哲學的層面。當人們仰望星空，想與宇宙相通時，地球生存的現實經驗顯然不夠，只有依靠想像和直覺的體驗。而且只在經學的層面也無法解決這一虛玄的問題，於是，充滿想像和直覺體驗的古代經典《列子》《莊子》《楚辭》《山海經》《穆天子傳》等，進入了廖平的哲學思考的層面。對於人生之進境的探求，不止現實的人學之世界，還應有與天合一的天學之世界，因此人的修行，就不僅是現實世界的「賢人、聖人」，還有更高的境界，那就是「真人、至人」。就物我關係而言，屬於人學的現實世界，是「正身而率物」，而屬於天人學的「空言世界」，則是人與宇宙真正合一的境界。廖平想像：「將來世界進化，歸於眾生皆佛，人人辟穀飛身，無思無慮，近人論之詳矣。特未知佛即出於道，為化胡之先驅。所言即為將來實有之事，為天學之結果。」〔註6〕

有學者在基本肯定廖平關於天人學探索的意義的前提下，仍然認為這是「廖平尊孔而發出來的荒唐之說，對孔子的尊崇，使他常失去科學精神，使糟粕與精華含混不清。」〔註7〕其實，這樣一個表述較為模糊的理想，既可以從幻想層面上解釋，也可以成為實在之事：今天的宇宙飛船上天，將飛行員送至太空漫遊，已成為事實。月球上現在已留下人類的足跡，人類製造的探

〔註6〕廖平：《四益館經學四變記·四變記》，《廖平學術論著選集》，巴蜀書社，1989
　　　年版，第555頁。
〔註7〕參見劉雨濤：《廖平天人學探源》，此文認為：廖平「天人學」之精華，在於
　　　他繼承和發展了中國古代的「天人思想。但對於廖平想像的天人合一的情形，
　　　還是持否定的態度。

測儀也已在火星上爬行，焉知廖平描述的人天無礙的境界不會成為現實？就像廖平所預言：「《中庸》所謂『鳶飛於天，魚躍于淵，為上下察』之止境，周遊六漠，魂夢飛身，以今日時勢言之，誠為力所不至；然以今日之人民，視草昧之初，不過數千萬年，道德風俗、靈魂體魄，已非昔比；若再加數千年，精進改良，各科學繼以昌明，所謂長壽服氣，不衣不食，其進步固可按程而計也。」〔註8〕在西方科幻文學作品中，大量描寫地球人對天外文明的探尋，如果從基督教文化的角度來說，實際上也是他們接近「上帝」的探求之路。西方文化中關於「上帝」的想像因子，使他們的文化充滿活力，充滿動感，也是他們不斷創新科學技術的持續動力。而在我們這樣一個激情和想像力為較為匱乏的國度，廖平和郭沫若表達出來的文化信仰和想像的境界很難為國人接受，正因為如此，也才尤為可貴。

在構建天人學體系時，廖平將人的修行分為四個等級，「真人、至人、聖人、賢人」，並列表加以詳說。他的弟子黃鎔（字經華）進一步闡釋說：鎔按：

> 定、靜、安、慮、得，五等名詞，即天學之階級，必矣人學完備，世界進化統一之後，人物雍熙，恬愉自得，無競爭，無恐怖，而後學業由漸進步，可以乘雲御風，遊行宇內。未至其時，《詩經》託之夢境，列、莊說以神遊。其實飛相往來，遇物無滯，不假修持，眾生皆佛，《楚學》所謂「人能登天」是也。《大學》學說在人天之交。〔註9〕

黃鎔對廖平天學的闡釋，表達了一種人生與天地參的大自由，大歡喜的審美境界，這也是中國美學的最高境界。因此，不管廖平還是黃鎔，都將經學五變中描繪的境界視作「空言」，即想像的世界，黃鎔反覆強調，對於空言世界，應該是先行後知，也就是說，並不是人們一定要行動要實踐的，而是一種探究，一種追求。

廖平的經學四變以後的觀念將生態平衡作為人類社會最高的境界和理想，他援引各種學說，打破經學與文學、社會科學與自然科學的界限，其描述構成一個天人感應，自由飛昇的融合狀態。在中國的思維模式中，天與人，

〔註8〕廖平：《四益館經學四變記‧四變記》，《廖平學術論著選集》，巴蜀書社，1989年版，第552頁。

〔註9〕廖平、黃鎔《五變記箋述》，《廖平學術論著選集》，巴蜀書社，1989年版，第589～570頁。

自然與社會都是渾然如一的。他對「真人、至人、聖人、賢人」的修為等級和宇宙天體的分層模式，頗有但丁《神曲》中建構的人類由地獄經煉獄再向天堂探索的漸進模式。黃經華在《五變記箋述·按》中對人的修行層次的介紹也是旨在構建中國美學漸進的層次境界。廖平的經學六變，實際是一個從現實政治，到文化理想，再到美學境界的不斷提升，經鏍旋式上升後，再回到現實操作的有效路徑的探索過程。這樣的治學路徑正是蜀學乃至樂山學派的一大特色。當然，打破學科壁壘，在嚴謹的學術邏輯思維引入想像的因素。是許多正統的經學研究者不可理喻的。

郭沫若泛神論對廖平天人學的回應

超越國家、政治的現實世界，沿著不斷飛昇的人生層次和境界，實現修身、齊家、治國、平天下後的現實目標後，在更廣闊的宇宙中，人應該怎樣生活，怎樣與外在的世界相處。這應該是人生探索的更高目標。在探討人與天如何相通的途徑方面，廖平最終走向了中醫學，廖平將人的寒熱燥濕火，與陰陽五行相對，探討其平衡的法則，由此獲得人的身心健康，人與自然的和諧平衡的狀態。而午輕的郭沫若則走向了詩學。當時郭沫若遠在日本，通過直接閱讀德文原典，郭沫若與德國哲學與文學大師進行對話，再加上與朋友宗白華、田漢等對宇宙論、人生觀的熱烈討論的特殊語境，催發了郭沫若發現「泛神論」這一包容性很強的哲學概念。

就像廖平為了構建天人學，不惜破除經學的藩籬，將文、史、哲打通，將儒、釋、道雜糅一樣。郭沫若也將周易的思想，老子的道、莊子的逍遙境界、印度的梵、尼采的強力哲學，柏格森的生命衝動，統統融合成他所理解的泛神思想。當郭沫若較為理性的表述這一思想時，使用了「泛神論」這一概念。（西方的「泛神論」從根本上說，是建立在人與神，人與自然的二元關係的思維模式上。與中國文化同源貫通的天人合一觀並不完全相同。）但郭沫若採用以西釋中的策略，非常靈活地將其內涵置換為天人合一的生態追求。讓中國哲學和美學理想穿上了「泛神論」這一西方話語的外衣。甚至從這一角度闡釋孔子的當代價值。他認為真正的孔氏儒學的魅力在於：

> 出而能入，入而大仁。孔氏認出天地萬物之一體，而本此一體之觀念，努力於自我擴充，由近而遠，由下而上，橫則齊家治國平天下，縱則贊化育參天地配天，四通八達，圓之又圓，這是

儒家倫理的極致，要這樣才能內外不悖而出入自由，要這樣才真
能安心立命，人才能創造出人生意義，人才能不虛此一行而與大
道同壽。〔註10〕

郭沫若提到「泛神論」的特徵時，注重「動」的精神闡發，強調宇宙生命
生生不息，流轉變化。他的高明之處在於他沒有像廖平那樣煞費苦心建立天
人學的邏輯體系，去抽象地闡釋泛神思想，而是將此作為詩歌的哲理骨架，
然後天馬行空，自由轉接，將自我、自然、社會和諧共生的生態理想借助各
種詩歌意象表達出來。中國古代神話中，郭沫若對宇宙神話更感興趣：女媧
補天，天狗吞月、牛郎織女、嫦娥奔月等這種天上與人間交互的神話傳說，
正好作為他的泛神思想的形象載體。他喜歡在天和地、人和神交互的廣闊空
間中，對這些傳統神話進行顛覆性的解讀和重寫。在他的筆下，女神不是悲
悲切切地修補天體，而是雄心勃勃的創造新鮮的太陽；嫦娥不是孤獨地守月
興歎，而是一群在天庭活潑可愛、嬉笑打鬧的姑娘；牛郎織女不再隔河哀怨，
而是牽手天街，幸福相伴。在他的詩歌中，創造了大量物我同一，生命相通
的意象：鳳凰、天狗、雪潮、光海、心燈、松原、梅花等。可以說，他的詩集
《女神》是太陽的詩，《星空》是月亮的詩。《女神》是生命潮漲的湧動，《星
空》是生命退潮的寧靜。正是這骨子裏透出的泛神思想，引起了同樣贊同泛
神論的哲學家宗白華的高度重視，才有宗白華在《時事新報·學燈》上接連
不斷地發表郭沫若詩歌的盛舉。

郭沫若的泛神思想與廖平的天人學其實是一脈相承的，其精神實質是都
是以中國天人合一的思想來構築其宇宙論和人生觀。廖平的失敗在於，對屬
於幻想世界的理想國，卻錯用求真的邏輯論證方法，其結果是牽強附會，受
人詬病。而郭沫若的成功在於：將泛神論的哲理作為詩歌的骨架和靈魂，將
天、地、人同一的生命共感作為美的最高境界，生命意識成為郭沫若詩歌最
核心、最持久的價值觀，因此，那些充滿了泛神論靈感的詩與劇才「意味濃
深」（宗白華語），才具有當代意義與經典性。

廖平與郭沫若之間的影響中介

建國以來，學界反覆探討郭沫若泛神論思想的來源，認為郭沫若泛神思

〔註10〕郭沫若：《偉大的精神生活者王陽明》，《文藝論集》，上海泰東書局，1925年
版。訂正本曾改題為《儒教精神復活者王陽明》。

想的三大來源，一是中國傳統文化，主要是莊子和陸王心學等，二是西方文化中斯賓諾沙、歌德、惠特曼等人，三是印度哲學的影響。這些說法無疑是正確的，但是我們還可以追問：身處在雜駁的世界文化海洋中，郭沫若為什麼主要選擇了具有泛神色彩的文學家和哲學家？為什麼在五四時期所有的中國作家中，唯有郭沫若獨樹一幟，在其詩歌創作中如此鮮明表達了天人合一的美學思想。為什麼在國內五四時期激烈反傳統的主流語境下，郭沫若異乎尋常地表達了對孔子極大的尊崇？或許，人們忽略了一個更重要的事實：這些文化大家所具有的鮮明的特色和個性，往往有學術譜系的傳承影響。郭沫若在談到他在日本為什麼接近泰戈爾、歌德時，曾強調解釋說：「或者可以說我本來是有些泛神論傾向，所以才特別喜歡有那些傾向的詩人的。」〔註11〕那麼郭沫若這「本來是有些泛神論傾向」又是什麼時候形成的呢？李保鈞先生在《郭沫若接受泛神論思想探源》一文中，將郭沫若泛神論形成追溯到他的少年時期，認為少年時期是泛神論形成的潛伏期。〔註12〕這一看法強調郭沫若泛神思想形成的遠因。可惜沒有更進一步考查其影響中介。

　　郭沫若泛神思想並不是無源之水，廖平的好些觀點和學說，確是通過緊密的師承關係，深刻地影響了郭沫若，而這種影響在某種程度上，經過歷史的沉澱，已融化在郭沫若的文化血液中。郭沫若在自傳性作品《學生時代》中，細緻地疏理他所接受和傳承的文化譜系時，他回憶說：

　　　　科舉制改革的初期是廢八股，改策論，重經義，因此有一個時期乾嘉學派的樸學，就在嘉定也流行過一時。沈先生是不長於這項學問的，有族上的一位長輩郭敬武先生，在成都尊經書院讀過書，是王壬秋先生的高足，他在流華溪開館。我的大哥橙塢先生曾經往那兒去就過學，因此又從那兒把樸學的空氣輸入了家塾來，教我們抄《說文》部首，讀段玉裁的《群經音韻譜》

　　　　……

　　　　在小學堂裏新的東西沒有受到什麼教益，但舊的東西如國文、講經、地方掌故之類，卻引起我很大的興趣。帥平均先生的《今文尚書》講義是我最喜歡的一門功課。帥先生是廖季平先生的高足，廖先生也是尊經書院出身的王壬秋的門下。帥先生的講義和我在家

〔註11〕郭沫若：《學生時代》，人民文學出版社，1979 年版，第 58 頁。
〔註12〕李保鈞：《郭沫若接受泛神論思想探源》，《文學評論》1980 年第 1 期。

塾裏所受到的段玉裁的「小學」得到印證，因此特別感覺興奮。

......

　　在中學裏面感覺興趣的仍然是經學。黃經華先生講的《春秋》，
是維繫著我的興趣的唯一的功課。黃先生也是廖先生的高足，他也
很喜歡我，在課外還借了好些書給我看。〔註13〕

　　文中提到的黃經華（鎔）、帥平均先生是跟隨廖平遊學最久的學生。從1892
年，廖平接受嘉州知府邀請，擔任九峰書院山長開始，「諸生中從遊最久者，
有李光珠、黃鎔（經華）、帥鎮華（平均）、胡翼、季邦俊等」。〔註14〕特別是
黃鎔先生，「少年負笈相從，從九峰到藝風」，以後又同到國學院任教。廖平
的女兒廖幼平說：「父親晚年的著作，好些由他纂錄、校刊或作序。有時學術
方面的對外酬答也由他代筆，故人稱黃先生為井研學派的入室弟子。」〔註15〕
在這裡，廖幼平自覺或不自覺地用了「井研學派「這一概念。事實上，以地域
命名某種學術體系或派別，是歷史上常見的一種現象。強調地域的因素，實
際上也就是強調學派形成和產生的地緣因素和場域特徵，這幾乎成為學術慣
例。比如《五變記箋述》的署名：「井研廖氏學樂山受業黃鎔箋述」，就突出了
地緣的因素。在學界中，「廖井研」和廖平幾乎隨時可以置換使用，帥平均三
句話不離「吾師廖井研」就是一個很好的例證。更重要的是，黃鎔作為廖平
學說最忠實的闡發者，還撰寫大量著作，據黃鎔本人參與編寫的民國《樂山
縣志·藝文志》記載，黃經華編寫的著作有：同門師兄李光殊作序的《春秋經
王制傳》《書經大統凡例》一卷、《皇帝疆域圖表》二卷、《書經弘道編》二卷、
《周禮訂本略注》六卷、《王制孟子合證》一卷、《左傳杜氏五十凡駁例箋》一
卷，《左傳經證》一卷、《史記百編書序考》一卷、《詩緯新解》一卷、《世界哲
理箋釋》一卷。〔註16〕

　　廖平晚年時期，與黃經華在學術方面融合更加緊密，在六變之中的後三
變中，特別是最後兩變，黃經華不僅忠實記錄廖平的學術觀點，而且在此基
礎上以箋注甚至直接為廖平代言的形式，對廖平的觀點加以引申和發揮，集
中體現在《五變記箋述》中，在此文的後記裏，黃經華表示：

〔註13〕郭沫若：《學生時代》，人民文學出版社，1979年版，第3頁，第6頁。
〔註14〕廖宗澤：《六譯先生年譜》，《樂山文史資料第七輯》（廖季平資料專輯），樂山
　　　　市政協文史資料委員會編1989年版，第37頁。
〔註15〕廖幼平：《廖季平與九峰書院》，樂山史志資料1982年第1期。
〔註16〕《樂山縣志·藝文志》（民國本）成都出版公司1934年。

> 鎔幸與聞盛舉，先生不棄葑菲，持《凡例》問《序》。鎔贊襄國學學校，相與保存國粹，宗旨合契，爰綴所聞於五譯先生者，為之更進一解。將欲大張孔幟，剖雪群疑，不覺言之長也。質之先生，庶採蕘乎。中華民國八年冬，樂山黃鎔序。〔註 17〕

《六變記》雖為柏毓東所記，主要也是根據黃經華所撰七十壽序文而作。可以說，黃經華是天人學體系構建中不可或缺的核心人物。

廖平本人也非常重視學術團隊的作用，為了更全面深入地闡釋自己的天人學，還曾借門生黃鎔、帥鎮華之名，撰寫《答箌室主人書》以和弟子對答的形式來答疑解惑。他的《地球新義》共二十五個題目，包括《答箌室主人書》等，於每一題目下託名為其兒子及門弟子所作，其實都是廖平自己所作。對於《地球新義》借門生署名一事，廖平曾解釋道：

> 當時於《周禮》未能驟通，僅就經傳子緯單文孤證，類為一編。不敢自以為著作，故託之課藝，以求正於天下。《三變記》〔註 18〕

這樣做的目的，是想以師生共演雙簧戲的學術對話，深入地展開自己的觀點，以學術團隊出場的方式，擴人影響，產生轟動效應。目前，學界還沒有充分注意到廖平學說經學後三變中黃經華作起到的重大作用，更沒有注意到廖平經學體系構建過程中整個學術團隊發揮的整體作用。可以說，在某種程度上，廖平和他的弟子們共同構造了近代經學的樂山學派。

當廖平駭世驚俗地提出經學二變的思想時，郭沫若還是一個剛從私塾跨進新式高等小學的學生。正值世紀之交、新舊教育大轉型時期，當時採用的是癸卯學制，學制課程設置中規定開設讀經講經課，於是近水樓臺，郭沫若有幸聆聽廖門弟子帥平鈞對廖平經學觀的介紹。其時，正是廖平的經學一變和二變的觀點已臻成熟。廖平對素王改制的闡釋，將《禮記王制》看成是孔子改制的大綱，認為《王制》統帥六經，所載之禮，與六經全合，都是經過孔子的筆削、翻譯，因而也就寄託了孔子改制之主張。廖平的弟子帥平均心領神會，在經學課堂上大講《王制》，郭沫若對帥師的經學課產生了強烈的興趣，且了然於心，曾有兩首詩記下當時的心得：

〔註 17〕廖平、黃鎔《五變記箋述》，廖平學術論著選集，巴蜀書社 1989 年版，第 588 頁。

〔註 18〕廖平：《四益館經學四變記 · 三變記》，《廖平學術論著選集》，巴蜀書社，1989 年版，第 548 頁。崔海亮在《中西衝突下傳統經學的困境》中，認為廖平著《地球新義》假託門生署名是「因其新創非常可駭之論」，廖平不敢自署其名。

題〈王制講義〉二首

經傳分明雜注疏，外王內聖賴誰傳，

微言已絕無蹤影，大義猶存在簡篇。

跋《王制講義》

博士非無述，傳經夾注疏。

先生真有力，大作繼程朱。〔註19〕

郭沫若在 1940 年代親自選編的《敝帚集》中，只選了青少年時期的舊詩七首，而上述兩首被作者排在該集之首，足見郭沫若對當年接受的廖平經學思想薰陶的認同。

郭沫若從高小升入嘉定府中學堂後，又有幸授教於黃經華先生，黃先生承擔他們的歷史課教學，《春秋經》成為黃先生歷史課的基本教材。此時，正值廖平經學由前三變轉向後三變的重要時期。雖然廖平天人學的大廈正在奠基之中，一些最明晰的觀點還沒有成熟。廖平為代表的樂山學派倡導的治學思路和方法，卻通過師生傳承深刻的影響了郭沫若。據郭沫若母校的老校友們回憶，嘉定府中學堂開辦之初，頭門橫匾「中學堂」三字，左右聯書「教崇德智體，學通天地人」，〔註20〕由此校訓可看出，求學的最高境界是天人相通。而且，帥平鈞（鎮華）老師還主張：「人我一體，軀殼雖分，本真不二，古人今人一貫也，東人西人一貫也。平天下只在絜矩，明明德之後繼以親民，謂必視人猶已，共明其明德也。」〔註21〕

帥平鈞、黃經華先生通過學堂教學和課外指導，向郭沫若傳授的經學知識和廖平今文經學觀點等，都是以廖平為首的經學樂山學派學術體系中的一部分。廖平學說的核心是在對古代歷史的質疑中，去掉歷史文化層累的謬誤，探索儒家學說的真諦，還原孔子思想所包含的革命性意義，這些都從世界觀和方法論上給予郭沫若以深遠的影響。正是有少年時期對廖平學術思想的接受和影響，率先形成了對某種思想觀念的關注與執著，才有後來在留日時期，有意或無意地與具有泛神論傾向的哲人或詩人產生共鳴。

〔註19〕參見郭平英、秦川編注：《敝帚集與遊學家書》，中國社會科學出版社 2012 年版。

〔註20〕李承魁：《我住嘉定聯立中學校的回憶》，《樂山歷代文集》1990 年版，第 335 頁。

〔註21〕帥鎮華：《省立樂山中學四十週年感言》，《樂山歷代文集》1990 年版，第 329 頁。

　　天人學和泛神論所共同追求的生態理想，當然首先是由蜀地生態環境和典型的農耕文化思維方式所決定。在蜀地這樣的氣候溫和，山川秀麗的自然環境中，在以農耕為主要生產和生活方式的狀態下，人與自然平衡和諧的生態系統成為人們的關注中心，所以王樹楠特別強調人傑與地靈的關係。但還有一個更重要的原因是：面對西方文化的強勢衝擊，廖平和郭沫若殊地而歸，（一個固守在家鄉，一個漂泊到日本）共同找到應對的策略和制高點：即不糾纏於東西方文化的是非好壞，不糾纏於物質文明和精神文明的孰先孰後，而是直接以生態文明作為全人類的奮鬥目標，以此調劑人與自然，個人與社會，自我與他人的緊張關係。他們在不同的話語框架中，同時闡釋張揚中國人生哲學和美學的核心價值觀。今天看來，在堅守文化信仰，融會圓通天人合一的中國哲學傳統，推進生態文明理想方面，廖平構建的天人學和郭沫若的泛神詩學觀，仍然有著不可估量的當代意義。

郭沫若家族家訓家教的知與行

　　靈秀的峨眉山下，浩蕩的大渡河畔，孕育出曠世奇才郭沫若。1781 年，郭沫若祖輩由福建遷蜀，幾代人經過百餘年的奮鬥，郭氏家族不僅在峨眉山腳下的沙灣小鎮紮下根來，而且發展為「一舉一動影響全鄉」之望族。郭沫若家族在發展壯大過程中，不僅順時應變、艱苦拼搏、成為家道殷實的小康之家，而且成為重視禮義教化、族訓家風、全鄉望其項背的詩書之家。郭沫若在成長過程中，祖輩忠孝節義的傳奇人生，濃鬱的家風家教薰染，對他成為一代文化巨匠的性格和風範產生了極大影響。1930 年代，郭沫若的父母先後離世。1939 年，時為國民政府軍事委員會政治部第三廳廳長郭沫若返鄉奔喪，祭奠父母，郭氏兄弟將父母祖輩的德音慈影記錄成文，留下《先妣杜宜人事略》《祭母文》《家祭文》《先考膏如府君行述》等反映郭氏家族家風祖訓的祭祀文辭，先後由郭沫若兄弟編排、結集成《郭母杜老夫人死哀錄》（1932）《德音錄》（1936）出版。〔註1〕這些文獻一方面記錄了郭氏家族的發展歷程，頌揚了祖輩特別是郭沫若的父母身先示範，踐行中華傳統美德的種種言行，特別是母親杜氏夫人寬容大度、辛勞撫恤孤苦、嚴慈相濟、勤儉持家、淡泊靜心的慈祥之容、仁愛之舉；另一方面也是郭氏兄弟面對祖先，躬自反省，

〔註1〕《郭母杜老夫人死哀錄》是由郭開文、郭開佐、郭開貞（沫若）、郭開運四兄弟合編的一本祭悼亡母的小冊子，分為像贊、事略、彩幛、家祭文、客祭文等，原為 32 開線裝石印本，1992 年由樂山市檔案館以內部資料的形式全文翻印。1939 年郭父膏如逝世之際，郭開佐、郭開貞（沫若）、郭開運三兄弟（郭開文已逝世）又合編了《德音錄》在重慶出版。1987 年《沙灣文史》第 3 期全文翻印了《德音錄》。《郭母杜老夫人死哀錄》中的《先妣杜宜人事略》《家祭文》兩篇收入《德音錄》，分別改題為《先妣事略》和《祭母文》。

檢討自身在忠孝節義方面的差距和過失，以勵將來的莊嚴承諾。祭祀文辭保留了大量的郭氏家訓，這些家訓承載著許多道德修養和人倫規範的道理，還有立身處世的基本原則和戒律，示之以後輩傚仿，以傳承清廉、崇善、誠信、和諧之家風。由於中國家國一體的傳統觀念與結構，家庭是社會的基本單位，是國家之基礎；家風的好壞就事關民風和社會風氣的好壞，個人修養也事關社會治理，民族昌盛之大體。重溫郭氏家族這些家訓和家教，對於今天重塑中華民族優秀的核心價值觀，加強社會和民族的文化凝聚力，有著重要的借鑒意義。

子孫賢，族乃大；兄弟睦，家之肥〔註2〕

郭沫若的曾祖父郭賢琳（玉樓公）曾留下遺訓：「子孫賢，族乃大；兄弟睦，家之肥」。等先哲格言。郭家子孫將其刻在新修的房屋的大門上，作為家人常誦常記的家訓。郭沫若家族的幾代人謹記這一格言，並且落實在各自的行為規範中。至郭沫若兄弟輩，雖然性格有別，秉賦各異，命運不同，但一直以來卻遵守遺訓，兄弟間互敬互愛，傾情相助，共渡危難時刻。

大哥郭開文（1878～1936）率先以身作則，為弟妹們作出榜樣。郭開文，號橙塢，少時聰明好學，被鄉人譽為「神童」。1904年考入四川省東文學堂，這個學校具有留日預備學校的性質。學習一年畢業後，於1905年由省官費資助留學日本東京帝國大學法科學法制經濟，肄業後回國。時清政府已廢除科舉，郭開文參加在保和殿舉行的相應資格考試，欽賜法科舉人。之後，郭開文在北京和四川的政界、學界、軍界輾轉擔任過許多重要職務：清末民初，同時在四川好幾所法政學堂教授講學。辛亥革命後任四川政府交通司司長，川邊經略使尹昌衡的駐京代表，二十一軍軍長劉湘的秘書長，四川省政府秘書長等。自從1913年12月郭沫若在北京與大哥分別後，直到1936年郭開文病逝，二十多年，兄弟二人始終未曾再會。

郭開文勤學精進，多才多藝，精於做詩、繪畫、篆刻、書法、古語言文字等。不僅給少年郭沫若帶來舊學新知，而且在弟妹的生活及前途方面關心備至，提攜有加。郭沫若之所以能留學日本，郭開文起了決定性的作用。是郭

〔註2〕 此條家訓為郭沫若曾祖父曾賢琳書先哲格言以作遺訓。見於郭沫若兄弟合撰的《先妣杜宜人事略》《家祭文》等，《郭母杜老夫人死哀錄》，樂山市檔案館編，1992年，第7頁。郭開鑫、張伯雅撰寫的《郭沫若家譜》也提及此家訓，見《沙灣文史》第2期，1986年。

開文一根金條，解決了他去日本的旅費，以及剛到日本的安置費及生活費，讓郭沫若在日本半年的衣食無憂。留學期間，在經濟上也是主要由郭開文資助。沫若在日本同安娜結婚後，開支更大，當時大哥每月所得僅大洋一百六十元，要給沫若匯去一百元，自己留下六十元，儉省使用。有兩次沫若來函告急，大哥把多年積蓄的黃金兌換後給沫若匯去。〔註3〕郭開文對胞弟郭沫若（開貞）的提攜與資助，使郭沫若終身難忘。1939年3月郭沫若回到樂山沙灣探親時，手書郭開文大哥集陶句「清謠結心曲，真想在襟裏」，奉送胞弟郭開運。就在這一年7月，郭沫若父親逝世，郭沫若再次返鄉祭奠父母，他又在大哥郭開文留下的詩文手稿冊上題詩一首，表達他對大哥深情緬懷：

> 連床風雨憶幽燕，踵涉東瀛廿有年。
>
> 粗得裁成蒙策後，愧無點滴報生前。
>
> 雄才拓落勞賓戲，至性情文軼述阡。
>
> 手把遺篇思近事，一回雖誦一潸然。

郭沫若的五哥（大排行）郭開佐，字翊新，1904年入成都武備學堂，1907年畢業後諮送日本東京學習軍事，調查軍制，後轉入普通學校就讀三年肄業，與後來的四川省主席王陵基（王芳舟）曾是同學。1910年回國。先後任樂山縣警佐、成都警備隊員養成所所長等職。後因要侍奉高堂雙親，挑起郭氏大家族生存延續的重擔，於是退而回沙灣老家經商兼中醫診治。

1942年8月郭沫若和于立群參與集資，開辦了群益出版社。郭開佐的獨子郭培謙時任文工會主任秘書，擔任群益出版社的首任經理。出版社開辦之初資金十分緊張，郭培謙通過夫人魏蓉芳向父親，也就是郭沫若的五哥郭開佐求援。郭開佐毫不遲疑地寄上了600元。後來郭培謙為出版社經費幾次向父親要錢，有一次郭開佐甚至賣了稻穀緊急籌錢，寄往重慶。〔註4〕

郭沫若的麼弟郭開運，為了照顧高堂父母，守住樂山沙灣老家根基，在郭家老宅度過了一生。郭開運以行醫為主，兼做山貨之類的小宗買賣。為了支持郭沫若的事業，他也慷慨解囊。抗戰之後，郭沫若沒有固定的收入來源，家庭開支又很大。「從1945年起至一九四六年間每年兩次，每次都是開運400

〔註3〕郭開鑫、劉居寬：《手足情深——郭開文與郭沫若弟兄》，《沙灣文史》第2期，1986年。

〔註4〕郭遠慈：《憶父親與群益出版社往事》，吉少甫主編，《郭沫若與群益出版社》，百家出版社，2005年版，第74頁。

元，四姐郭麟貞 200 元，寄往重慶天官府。郭沫若於 1947 年離開重慶去上海轉道香港後，同樣匯去 400 元，四姐 200 元，寄上海郭宗偉侄，買成什物，再轉交沫若兄收。這些為數不算多的錢，為解決沫若兄一家的生活，為支持他的事業，起了不少的作用。」〔註5〕

新中國成立後，郭沫若家庭經濟情況好轉，他反過來資助家中兄弟及子侄孫輩。1954 年及 1960 年代前後困難時期，開運生活收入比較拮据，郭沫若兄先後幾次寄錢給開運，有時 30 元，有時 50 元不等，這在當時可算解決了大問題。特別是開運晚年體弱，郭沫若一連兩次給開運寄來人參，藏紅花，錢 50 元，叫他補養好身體。1971 年開運頭頂患癬瘡，身腫，沫若兄得知後寄來藥方說明：「用嫩桑葉磨細敷患處！可望能好」。開運去世後，還按月給弟媳魏風英寄生活補貼費 10 元。〔註6〕

新中國成立初期的「土地改革」運動中，五哥開佐、元弟開運、四姐麟貞、七妹葆貞被劃為地主，要求他們在規定時限內繳納減租退押的錢款。他們當時都沒有辦法馬上湊足這筆減租退押款。郭沫若知道後，及時給他們四人寄了錢，交齊了要求退賠的資金。

1950 年冬，郭培謙擔任了新中國成立後樂山的第一張報紙《新樂山報》經理。想不到 1953 年，上級領導在沒有深入調查研究的情況下，竟說他在《新樂山報》工作期間「貪污」了九百多元公款，必須退賠。郭培謙在八方籌措卻毫無結果的情況下，郭培謙的夫人魏蓉芳不得已向郭沫若求援。郭沫若毫不遲疑地從自己在上海新文藝出版社的稿費中抽出一千元寄給郭培謙的工作單位，把這起錯案暫時緩解下來。不久，事情總算查清了，郭培謙被平反，組織上歸還了一千元的「退賠款」。郭培謙隨即寫信報告叔父，準備寄還這些錢。郭沫若覆信說，錢不要還了，讓培謙所在單位把它們全部上繳國庫。培謙向單位轉達了這個意見後，單位領導解釋說，「退賠款」是由於當初工作不當造成的，既然搞錯了就要徹底糾正，這錢只能如數退還本人，不可以充公。得知了單位的答覆，郭沫若遂把這筆「退賠款」分送給大哥的遺孀胡佩蘭、五哥開佐、么弟開運、七妹葆貞和原配夫人張瓊華等人，由培謙逐一落實。1962 年 12 月 4 日，在主持維修樂山大佛的工作中，他不幸因公殉職。剛毅內斂的五哥開佐身心受到重創，也於 1963 年不治病故。郭沫若來信寄來錢款，償還

〔註5〕魏風英：《手足情深》，《沙灣文史》第 7 期，1992 年。
〔註6〕魏風英：《手足情深》，《沙灣文史》第 7 期，1992 年。

了五哥的舊債。郭沫若的侄孫女們回憶：

> 後來，郭沫若一直接濟我們，每月寄生活費 15 元，每次由于立群寄到郭遠惠工作的樂山金剛砂廠。一直到文化大革命。家裏的各種衣物，包括郭老和于立群穿過的衣服，都寄到我們家，由我們兄妹分著穿，記得八公公曾送我們一床俄羅斯的毛毯。那是他訪蘇時帶回來的。還有他老人家穿過的一件對襟藍布衫，于立群曾穿過的一件墨綠色的緞面衣服，我非常喜歡。〔註7〕

郭沫若兄弟之間患難與共，一家有難，兄弟們都鼎力相助，共同度過了人生的一個又一個難關。他們用兄弟情誼踐行了「子孫賢，族乃大；兄弟睦，家之肥」的郭氏家訓。

祖宗雖遠，祭祀不可不誠〔註8〕

中華文化講究祖先信仰，祭祀成為敬畏宗族和祖先的宗教性儀式。由此儀式強調宗族成員的宗族意識、故土意識和集體歸宿感，同時也通過祭祀等儀式和祖先的戒律來約束宗族成員的行為規範，以形成家庭和社會活動和諧有序的格局。

郭沫若祖輩原在福建汀洲寧化。湖廣填四川的移民大潮，福建的移民也將故土的媽祖信仰帶到四川，建之以天后宮供奉。天后宮既是福建移民聚集的會館，又是祭祀鄉土神靈的宮廟。廟中均置有天后及鄉賢塑像，以供同籍鄉人祭拜。通過莊嚴的祭祀活動，使人們在追憶故土神靈鄉賢的過程中，尋找到共同的歸屬感，進而產生宗族成員間的凝聚力。

郭沫若父母遵循祖訓，將這種祖先和宗族信仰完全內化在生活的點點滴中。郭沫若的散文《芭蕉花》曾記載：因為母親長年受暈病的困擾，中醫認為芭蕉花可以治這種暈病。他和哥哥發現天后宮有他們遍尋不得的芭蕉花時，哥倆歡喜極了，兩人費了很大力氣，翻窗進去，摘了那朵能為母親治病的芭蕉花，非常高興地獻到母親的床前，以為母親會誇獎他們。誰知事情大大出乎他們的意外，不僅沒有得到表揚，反而害母親大大生氣，而且被父親拉到祖堂上，受

〔註 7〕郭遠銘、郭遠祿、郭遠慈、郭遠惠共敘，郭平英綜合整理：《郭沫若家事雜憶》，《郭沫若學刊》2015 年第 3 期，第 49 頁。

〔註 8〕此條家訓為為郭沫若曾祖父曾賢琳書先哲格言以作遺訓。見於郭沫若兄弟合撰的《先妣杜宜人事略》《家祭文》等，《郭母杜老夫人死哀錄》，樂山市檔案館編，1992 年，第 7 頁。

到平生第一次嚴厲的處罰。天后宮所代表的宗族信仰在家族中有如此重要的作用，「神愛」可以超越世俗之愛，這使郭沫若的心靈受到強烈震撼。

　　子孫雖愚，經書不可不讀。〔註9〕
　　子孫勿得廢讀〔註10〕
　　勤儉黃金本，詩書丹桂根〔註11〕
　　惜錢休教子，護短莫投師〔註12〕

　　重耕讀。重文化、將讀書作為修身做人之本，是郭氏家族一貫宗旨。為了培養家族子弟，郭家經濟稍有基礎時，就辦起了家塾綏山山館，吸收郭姓子弟入塾讀書。到郭開貞（郭沫若）這一代時，郭家已經出了三個秀才級別的文化人：大伯父郭朝翰、郭沫若的堂兄郭開俊（郭沫若二伯父郭朝瀛的長子），郭沫若的胞兄郭開文（後獲法科舉人），還有一個武秀才郭開傑（郭沫若二伯父郭朝瀛的次子）。

　　到了郭沫若這一輩，母親杜氏夫人更是重視對子女的詩書之教。郭母杜氏夫人出生詩書之家、官宦人家。父親杜琢章，號寶田，四川樂山人。清咸豐二年（1852年）進士。清咸豐八年（1858年），任貴州黃平州知州期間，苗民起事，攻入州城，杜琢章拼殺戰死，「全家殉節」。戰火中只有小女兒杜氏得乳母之助僥倖逃脫。16歲出嫁到沙灣郭家。杜氏天資聰穎，加之書香門弟的耳濡目染，她竟能讀彈詞、說佛謁、吟唐詩，是郭沫若童年詩教第一課的「啟蒙老師」。

　　郭氏家族的私塾「綏山山館」在塾師沈煥章先生離去後，曾停辦好些年。1946年初又重新開辦，請來的老師是郭開佐第一任夫人王師蘊的胞弟王師齊，王師蘊即是郭沫若在自傳中曾深情的提到過這位「五嫂」。也是民國樂山縣城文化名流王畏岩的女兒。1947年，郭沫若和五哥開佐、元弟開運商議，由幾兄弟及其大哥郭橙塢的長女郭琦共同出資，定名為「橙塢獎學金」。獎學金的

〔註9〕 此條為郭沫若曾祖父曾賢琳書先哲格言以作遺訓。見郭沫若兄弟合撰的《先姚杜宜人事略》《家祭文》等，《郭母杜老夫人死哀錄》，樂山市檔案館編，1992年，第7頁。
〔註10〕 見郭沫若兄弟合撰的《先姚杜宜人事略》《家祭文》等，第7頁。
〔註11〕 此條為郭沫若曾祖父曾賢琳書先哲格言以作遺訓，見郭開鑫、張伯雅撰寫的《郭沫若家譜》，《沙灣文史》第2期，1986年。
〔註12〕 此條為郭母杜氏夫人所言。見郭沫若兄弟合撰的《先姚杜宜人事略》《家祭文》等，《郭母杜老夫人死哀錄》，樂山市檔案館編，1992年，第7頁。

主要目的一是緬懷大哥郭開文（橙塢）對他們弟兄幾人求學成長的支持和幫助；二是激勵家族的後輩勤奮好學，長大成才，報效國家、建設國家。「橙塢獎學金」的評定和發放由開運主持，凡沙灣姓郭人家念初中的後輩，和初中以上、以及在外求學的學生，學年成績各科及格乃至優秀者，均可獲得不同等級獎。獎品為稻穀，領獎地點：沙灣郭家祠堂內。「橙塢獎學金」強調德、智、體全面發展，郭開佐的長孫郭遠銘各科成績均優秀，只因體育不及格，也未能獲得獎學金。1947 年至 1949 年，「橙塢獎學金」共頒發三次。這三年間，有郭氏族子女三人得獎。〔註 13〕

　　郭沫若兄弟也非常熱愛家鄉的文化事業建設。1917 年，沙灣鎮有了第一所學校——「沙灣小學」，學校的第一任校長就是郭沫若的元弟郭開運。郭沫若也非常關心沙灣小學的建設。幾次為沙灣小學題詞。1938 年夏，當時的陳磬人校長請郭沫若的胞弟郭開運先生手書郭沫若的《少年先鋒詞》：

　　　　大家都有過少年時代，我們自己的少年時代是在無意識中過去了，我們應該珍惜我們的少年，少年應該珍惜今天的時代，這是民族的命脈，文化的源泉。要有能夠擔當一切的少年，然後民族才有復興的希望，文化才有推進的可能。目前和今後的我國，是須（需）要大材的時候，大材總要在自由的空氣裏才能蓬蓬勃勃地生長，若要無理地加以拳曲，使之就範，最大成功只能收穫些粉飾庭園的盆栽，於建國是毫無用處的。〔註 14〕

積金不如積德，善雖小，不可不為〔註 15〕

唯心淨上，自性彌陀〔註 16〕

佛在靈臺莫遠求〔註 17〕

　　「積金不如積德，善雖小，不可不為」是郭沫若父親郭朝沛先生留下的

〔註 13〕郭遠銘、郭遠祿、郭遠慈、郭遠惠共敘，郭平英綜合整理：《郭沫若家事雜憶》，《郭沫若學刊》2015 年第 3 期，第 45 頁。

〔註 14〕段立平：《郭沫若贈沙灣小學〈少年先鋒詞〉》，《郭沫若學刊》，2013 年第 2 期，第 72 頁。

〔註 15〕此條為郭沫若父親郭朝沛（字膏如）先生留下的家訓。見郭沫若兄弟合撰：《先考膏如府君行述》，《德音錄》，《沙灣文史》第 3 期，1987，第 4 頁。

〔註 16〕此條為此條為郭母杜氏夫人所言。見郭沫若兄弟合撰的《家祭文》（收入《德音錄》後改為《祭母文》），《郭母杜老夫人死哀錄》，樂山市檔案館編，1992 年，第 7 頁。

〔註 17〕見郭沫若兄弟合撰的《家祭文》（收入《德音錄》後改為《祭母文》），第 7 頁。

家訓。郭沫若的祖父郭明德為人豪爽，仗義疏財，郭沫若的父親辛苦經商，所得資金，全數上交父親明德公。鄉人每看到郭父做生意歸來，就都跑來郭家請求周濟，郭父毫不推辭，有求必應。郭沫若的祖母多病，郭父為治母親的病，逐步地精通中醫診治，他常常為鄉人處方看病而不收費用。而且「好施與，自成年以至衰老，辦賑平糶，施棺送藥諸善舉，終身行之不倦。鄉中公益事，其大者如興學校，設義渡，造橋樑，闢道路，及治安消防等設施，率首倡而促成之，世頗稱沙灣為銅河中之文化鄉鎮者，有以也。」〔註18〕郭沫或母親杜氏夫人同樣樂善好施：「親鄰有孤孀不能自存者，必省衣縮食相周恤，或季節饋遺，或按月齎給，歲以為常。其緩急告貸與公益慈善來呼將伯者，有求未嘗不予，予之未嘗不豐。城市戚友，避匪難來投止，則分舍下榻，甘苦共，以待事平，久而弗倦，務厭塞其意以去。」郭家五世同居，郭氏先祖強調善行的積累和代代相傳，和佛教輪迴說有些相似之處。郭沫若的父親教導子女們，「先王父種德無量，後必有食其報者，其在汝輩乎。」〔註19〕意思是：你祖父播下德行的種子是不可限量的，將來必然有得到報答的人，這樣的德行哪裏只是受惠於你們這一代人呢？郭母杜氏夫人對上恭敬孝順，盡心服侍，家庭成員間偶有爭執，杜氏必心平氣和，以理曉之，以情動之，使得矛盾得以平息，家庭和睦。郭沫若的曾祖母曾讚揚杜氏夫人「汝量大見大，將來福亦大。」祖母也勉勵兒媳說：「簷前水，滴舊窩，一報還報差不多，種瓜得瓜，種豆得豆，汝事吾孝，願汝有媳如汝耳。」〔註20〕意思是現在侍奉我如此孝順，將來你的兒媳同樣會如此對你。而郭家這些家訓強調了家風和家教的言傳身教、以致家庭成員耳濡目染，上行下效，代代相傳，以養成大家風範。

郭母杜氏夫人一直篤信佛教，但她並不熱心於那些繁瑣儀式，而以個人修行為本，她非常贊同明心見性的主張，告訴親友們「唯心淨土，自性彌陀」「佛在靈臺莫遠求」。認為佛在心中，只有要心性純潔，真誠的行善，事事踐行佛的教義，每個人都可以達到人生的最高境界。郭沫若兄弟們從母親那裡得到的不僅是詩的啟蒙，更重要的是做人的真諦。由大哥郭開文執筆撰寫的

〔註18〕郭沫若：《先考膏如府君行述》，《德音錄》，《沙灣文史》第 3 期，1987 年，第 3 頁。

〔註19〕郭沫若兄弟合撰：《先考膏如府君行述》，《德音錄》，《沙灣文史》第 3 期，1987 年，第 3 頁。

〔註20〕郭沫若兄弟合撰《先妣杜宜人事略》，《郭母杜老夫人死哀錄》，樂山市檔案館編，1992 年，第 9 頁。

《祭母文》從文化的角度總結杜母一生：

> 綜計吾母一生，有釋子之苦行，而非趨於寂滅，似墨家之兼愛，而匪藉以要名，備孔氏之庸言庸行庸德，又能捨舊而謀新，疇昔所以勉勵不孝等者，要不離乎自它兩利，與救濟群生，蓋吾母之人生觀，一本儒家之仁義，而兼抱佛之大悲與菩提心也。〔註21〕

尚廉潔，甘淡泊，毋苟得，毋冒進，致失本來面目，以貽先人羞〔註22〕
日中則昃，月盈為虧。常將有日思無日，莫把無時作有時。〔註23〕

我國古代是德治社會，其基本特徵是通過傳統的「修身、齊家、治國、平天下」的理想教育與「忠、孝、禮、義」倫理規範約束，使這些通過讀書走向政壇的文人，具備極高的個人道德修養，自覺或不自覺養成純正的道德品德。儘管各個朝代有一定的懲貪治廉制度及措施，但制度的執行仍然取決於權力者的道德水準和素養。而帶有嚴格戒律性質的家訓、家教和家風，對於家庭成員人格精神的薰陶和形成，就起到相當大的作用。

郭家非常重視其子孫們的修身養性，把好廉潔關。郭家成員在外或做官若經商每次回家看望父母，郭母杜夫人都以「尚廉潔，甘淡泊，毋苟得，毋冒進，致失本來面目，以貽先人羞。」告誡之。郭母還以「日中則昃，月盈為虧」為喻，說明中國文化辯證平衡的中庸之道。不管是居家過日子，還是人生、事業的發展，「有」和「無」都是相對的，且隨時可以轉化。因此廉潔清正，甘於淡泊，不走極端，低調行事，是避免災禍最好的途徑。郭沫若大哥郭開文可謂是省廳一級的高官，和大官僚、大軍閥劉湘是至交，又長期輔佐劉湘處理軍政要事，權力很大。但他一生謹記母親教誨，在位期間，為官清正。劉湘想將油水很足的要害部門如斗息局、海關等，交由郭開文負責，郭開文都婉然拒絕，願意一塵不染，兩袖清風。

大哥郭開文率先垂範，郭沫若也嚴格遵守家訓。郭沫若從日本歸來，因國共合作、全民抗戰的需要，郭沫若擔任了國民政府軍事委員會政治部第三廳廳長，授少將銜，主管抗戰宣傳工作。一個自由知識分子，從邊緣走向中

〔註21〕《祭母文》，《德音錄》，沙灣文史第 3 期，1987 年，第 58 頁。
〔註22〕此條為郭母杜氏夫人所言。見郭沫若兄弟合撰的《家祭文》（收入《德音錄》後改為《祭母文》），《郭母杜老夫人死哀錄》，樂山市檔案館編，1992 年，第 92 頁。
〔註23〕《家祭文》（收入《德音錄》後改為《祭母文》），第 92 頁。

心，變成了「國家」之人，手中有了權力，身份發生了重大變化，如何不失本來面目？郭沫若提出應保持「赤子之心」，並對其內涵作了這樣的闡釋：「大人者不失赤子之心，至公無私有類於赤子，純潔無垢有類於赤子，心如明鏡以物為法有類於赤子。」〔註 24〕大公必然無私，至公必然純粹。至公至純，是郭沫若一生仰望和踐行的最高人生境界。

1939 年，在外飄泊的遊子郭沫若第一次返回故鄉沙灣。回到他最初接受詩教禮教薰陶的地方，暫時與激烈的戰場、喧囂的官場隔離，他有一定時間來調整角色，轉換心態。根深蒂固的文化記憶喚起他對傳統文化的眷戀與皈依，抗戰背景下復興民族文化的現實需求，傳統道德教育的浸潤薰陶，都在無形中制約著他對權力、名利的態度。郭沫若回到故居老宅，大哥郭開文當年所錄朱文公格言懸諸堂上，無時無刻不在提醒郭沫若防微杜漸，隨時反省細查自我人格。為警醒自己和親友，郭沫若懷著對大哥的敬重，以王陽明先生語錄以應和：

> 陽明先生曰：今人有病痛，只是個傲，千罪百惡，皆從傲字上來，傲則自高自大，自滿自足，見得自己皆是，別人皆非，一毫不屈於人，遂斷送了一生。故為子而傲，必不能孝，為臣而傲，必不能忠；為學而傲，必不能成。……〔註 25〕

郭沫若「至純」的道德品格，表現在對權力和名利的態度上。他認識到，一個人一旦有了權力後，最難愈越的就是「名」之關。位與名是相輔相成的，位高則名重，名重則可能起貪欲，於是揮毫寫就「名關難破」四條屏：

> 人知好利之害，而不知好名之害為尤甚。所以不知者，利之害粗而易見，名之害細而難知也。故稍知自好者，便能輕利；至於名，非大賢大智不能免也。思立名，則故為詭異之行，思保名，則曲為遮掩之計，終身役役於名之不暇，而暇治身心乎？昔一老宿言：舉世無有不好名者。因發長歎。坐中一人曰：不好名者唯公一人而已。老宿大悅，不知己為所賣。名關之難破如是！〔註 26〕

〔註 24〕郭沫若手書：《大人不失赤子之心》，《郭沫若 于立群墨蹟》，2011 年，人民日報出版社，第 38 頁。

〔註 25〕郭沫若手書：《錄王陽明句》，《郭沫若 于立群墨蹟》，人民日報出版社，2011 年版，第 11 頁。

〔註 26〕郭沫若手書：《名關難破四條屏》，《郭沫若 于立群墨蹟》，人民日報出版社，2011 年版，第 10 頁。

　　這幅條屏集思想性、藝術性於一體，深刻揭示了貪名之害，頗有列子之風，它以幽默的反諷，漸微知著，說明好名是人性之根深蒂固的弱點，和「利」相比，名關更難破。好名往往是權力貪欲的基礎，人一旦為「名」所奴役，則會碌碌終身。所以必須自省、自警，加強「身心」修養，努力做「大賢大智」之人，才不會為「名」所累。同時，作品還隱示著另一層更深刻的勸喻：貧困之人容易好利，尤其要著重勘破「利」關而淡利；有事業有地位的人容易好「名」，尤其要著重看破「名」關而泊名。

　　從回鄉期間贈諸親友的題詩題中可以看出他的道德自律。他寫給侄女婿張可源的一副對聯「意志修則驕富貴，道義重而輕王公」，原句出自《荀子·修身》，意思是告誡侄女婿要加強道德自律，不要貪戀富貴權力。在重慶生活的侄兒媳婦魏蓉芳（郭沫若三侄郭宗益，（字培謙）的夫人），有一次穿了一件細料子花上衣，郭沫若語重心長地告誡說：「蓉芳，重慶是個花花世界，環境是很複雜的，生活要樸實。」說著，拿起筆來，順手寫下一副嵌字格對聯：「莫學芙蓉空有面，應效芬芳發自心」，可見郭沫若良苦用心所在。〔註27〕

　　郭沫若一生，忠於信仰，遵從內心，將名和利拋之腦後。北伐時期，蔣介石以高官利祿收買郭沫若時，他拒絕名利的巨大誘惑，作出正確的政治選擇。解放前，郭沫若用個人的經費慷慨資助在危難之中的團體和個人，他的稿費和版稅，經常用來幫助朋友。1930 年，流亡日本的郭沫若生活處在最困難的時期，他卻將出版譯作《少年維特之煩惱》的版稅直接捐給「中國左翼作家聯盟」作為基金。新中國成立後，郭沫若身居高位，仍然保持著艱苦樸素的作風。1952 年 4 月 13 日郭沫若在克里姆林宮授獎典禮上，接受斯大林和平獎金，他宣布將獎金十萬盧布捐獻給中國人民保衛世界和平委員會。20世紀 50 年代，郭沫若向中央表示停止版稅收入，他又將稿費捐獻中科院，用這筆錢在中關村為科學工作者修了兩個標準游泳池，在科技大學體育場北側也修了一個標準游泳池。20 世紀 60 年代，郭沫若又將餘下的稿費十五萬元，全部交給了科學院黨組。後來經中央批准，一直在科學院的存放的這筆錢在中國科學技術大學設立了「郭沫若獎學金」。〔註28〕

　　綜上所述，郭沫若及家人對家訓遵從、家風的營造、家教的傳承，對郭

〔註27〕曲樹程、楊芝明：《郭沫若楹聯輯注》，山東教育出版社，1983 年版，第 78
　　　　頁。
〔註28〕郭庶英：《我的父親郭沫若》，遼寧人民出版社，2004 年版，第 208～212 頁。

沫若成為一代文化巨人，確實起到了重要作用。也為今天我們發揚光大中華民族優秀文化，提供了生動的教材和學習的榜樣。家風聯著民風，民風聯著黨風，家訓和家教聯繫著優良道德品格的上行下效和代代傳承。牢記這些優秀的文化遺產，從日常生活做起，是我們今天踐行社會主義核心價值觀的有效途徑。